KB246133

이상혁 판타지 장편 소설
FANTASY FRONTIER SPIRIT

운터바움—신들의 파괴자 1

이상혁 판타지 장편소설

초판 1쇄 찍은 날 § 2011년 4월 21일
초판 1쇄 펴낸 날 § 2011년 4월 28일

지은이 § 이상혁
펴낸이 § 서경석

총괄팀장 § 유경화
편집책임 § 주소영
편집 § 박우진

펴낸곳 § 도서출판 청어람
등록번호 § 제1081-1-89호
등록일자 § 1999. 5. 31
어람번호 § 제1-1239호

주소 § 경기도 부천시 원미구 심곡2동 163-2 서경B/D 3F (우) 420-822
전화 § 032-656-4452 팩스 § 032-656-4453
http://www.chungeoram.com
E-mail § chungeoram@chungeoram.com

ⓒ 이상혁, 2011

ISBN 978-89-251-2496-4 04810
ISBN 978-89-251-2495-7(세트)

※ 파본은 구입하신 서점에서 교환하여 드립니다.
※ 저자와 협의하여 인지를 붙이지 않습니다.
※ 이 책은 도서출판 청어람과 저작자의 계약에 의해 출판된 것이므로,
　 무단 전재 및 유포 · 공유를 금합니다.

GOD BREAKER

Unterbaum

이상혁 판타지 장편 소설

FANTASY FRONTIER SPIRIT

운더바움

신들의
파괴자

1

책
세
상

CONTENTS

Prologue

1

세계가 외쳤다—책을 찾아라.

풀잎이 속삭였다—그 책을 찾아라.

폭풍이 소리 질렀다—악마의 책을 찾아라.

시냇물이 떠들고 다녔다—그 책은 이 세계를 멸망시킬 거
야.

모든 것이 입 모아 말하고,

신탁이 내려졌다.

나를 제거할 자, 그를 다스리는 한 권의 책.

찾아 찢으라. 그리하지 않으면 나는 불타리.

세상 사람 모두가 책을 찾기 시작했다.

2

"윈델, 얼마 남지 않았어."

세베리아는 피투성이가 된 손을 뻗어 쇠로 된 가지를 움켜쥐었다.

광폭하게 몰아치는 계곡의 바람은 사람들을 하나둘 살라먹었다. 책을 찾기 위해 모인 케임델 왕국 원정대는 이 최후의 관문에서 거의 전멸했다.

선봉에 선 것은 윈델과 세베리아. 기사 세베리아와 그의 종자 윈델이었다.

유난히도 하얀 피부에 하얀 머리칼을 가지고 있던 윈델은 그 생김새 때문에 어느 곳에서나 핍박의 대상이었다. 세베리아가 그를 거두어주지 않았더라면 거지가 되었거나 굶어 죽었을 테다.

올해로 꼭 스무 살이 된 윈델은 지금 자신을 거두어준 아가씨를 위해 목숨을 걸고 있었다. 라운드 방패를 팔목에 끼우고 가시칼 폭풍을 정면으로 뚫고 나갔다.

“아가씨, 철의 골렘이 보여요!”

열아홉, 남들은 사교계의 꽃이 되기 위해 한참 자신을 가꾸고 있을 나이였지만, 세베리아는 검을 쥐었다.

그녀는 늘 화가 나 있었다. 무엇에, 왜 화가 났는지 결코 말하지 않았다. 굳게 입을 닫고 눈에 각을 세울 뿐이었다.

그런 그녀가 웃는 건 윈델 앞에서뿐이었다. 그만이 자신의 모든 것을 이해하고 있다. 자신의 이야기를 귀담아들었으니까.

“그 골렘이 이 가시칼바람을 조종하는 거야! 너무 접근하지 마! 골렘의 쇠로 된 주먹에 방패 따위 무용지물이야!”

“네, 아가씨!”

윈델은 기둥에 방패 달린 팔을 걸고 다른 손을 세베리아에게 뻗었다. 세베리아가 그의 손을 붙잡았다.

두 사람의 손 모두 오랜 원정으로 엉망진창이었다. 그물코처럼 상처가 가득했다. 아직까지 핏물이 배어 나오는 상처도 여럿이었다.

부러진 검을 지팡이 삼아 세베리아가 윈델의 팔을 당겼다. 바람은 더더욱 극심해졌다.

“바람은 저 풍차 때문인가 봐!”

둥근 금속 동굴의 끝에는 풍차가 있었다. 동굴을 가득 채우고 있는 세 장의 날개가 쏘아 보내는 바람은 세상의 어떠한 폭풍보다도 거칠었다.

나뭇조각이 가시처럼, 칼날처럼 뒤섞여 날아와 바람이 스칠 때마다 피부가 찢어졌다. 극한의 기후. 붉은 뿌리 협곡의 가시칼바람 계곡은 그렇기에 늘 무인 지대였다.

세베리아와 이어진 손, 윈델이 팔을 끌어 그녀를 기둥으로 데려왔다.

"마법을 써볼게요."

윈델은 자유로워진 손으로 인을 맺었다. 너무 가벼운 매질은 바람에 날려갈 것 같아 납의 마법을 소환했다.

"전지전능한 바움, 그분의 네 정령 우디스, 유구엘, 바이할, 취벨, 그 힘을 빌려 납의 창을 내려주소서!"

마법은 부재(不在)를 재(在)로 구현함이다.

이 자리에 있을 리 없는 납으로 된 창을 만들어 풍차의 중심에 날려 보내는 것. 원인과 결과 사이에 끼어들어 제멋대로 구는 것을 사람들은 마법이라 불렀다.

마법을 쓰기 위해서는 두 가지가 필요했다. 마법사가 경험한 매질, 다시 말해 만들어내는 어떠한 것, 그리고 그것의 성질.

윈델은 마법을 쓸 수 있었고, 납이 무엇인지, 또 그 성질이 어떠한지를 알고 있었다. 마법은 성립한다.

날카로운 창이 윈델의 곁에 나타났다. 그의 손짓을 따라 창이 바람을 갈랐다. 아무리 바람이 세다 해도, 끝이 뾰족하고 무거운 납창을 밀쳐 내지는 못했다.

바람에 일그러지는 눈을 간신히 뜨며 세베리아가 소리쳤다.

"성공인가?!"

그렇게 보였지만, 창은 풍차 앞을 지키고 있던 골렘의 손에 막히고 말았다.

금속이 부딪치는 소리가 쩌렁쩌렁 울리며 골렘의 팔이 부서져 산산이 흩어졌다. 그 파편이 바람을 타고 제멋대로 날아왔다. 방패를 휘둘러 윈델이 간신히 막아냈다.

"골렘을 먼저 쳐야 할 것 같아요."

윈델의 말에 세베리아는 뒤쪽을 보았다. 원정대에서 살아남은 건 정말 그들 둘뿐인 모양이었다. 다정하면서도 엄한 기사단장 게르함스, 케임델 왕국 최고의 검사라던 제필도… 가시칼바람 계곡의 골렘들에게 하나둘 죽임을 당했다.

"우리 둘만으로 해야 할 것 같아."

"네, 아가씨. 뭐든 말씀만 하세요."

"이제 둘뿐이잖아. 평소 부르던 대로 불러."

"하지만……."

"여기가 마지막일지 어떨지도 몰라. 이 골렘을 죽이고 저 풍차를 넘는다고 그곳에 꼭 책이 있으리라는 보장은 없어."

윈델은 세베리아의 말에 단호히 고개를 저었다.

"약한 말은 그만둬, 세베리아! 있을 거야. 신탁이 내려진 지 벌써 5년. 운터바움의 거의 모든 곳을 뒤졌는데도 책은 나오지 않았어. 이제 마지막으로 남은 몇 안 되는 장소 중 하나잖아."

"나도 있었으면 해."

세베리아가 다시 윈델의 손을 잡았다. 귀족이랍시고 잘난 척은 하지만, 세베리아도 연고 하나 없는 천애고아다. 하나뿐이던 언니를 10년 전 잃은 후로 그녀는 웃음을 잊었다.

그걸 되찾아준 것이 윈델이다. 그래서 그녀는 그 앞에서밖에 웃지 않았다.

"있을 거야."

윈델은 세베리아를 등지고 골렘을 바라보았다.

"저 녀석, 지금까지와는 다르게 낡았어. 움직임도 둔하고. 이 가시칼바람 바로 앞에서 지냈잖아. 무리했겠지."

세베리아가 윈델의 어깨 너머로 골렘을 보았다. 붉은 눈이 은은하게 빛나고 있다. 확실히 다른 것들과 달리 몸통에 녹이 많이 슬어 있다.

"아까 내 마법에 팔이 부서졌잖아. 어쩌면 쉽게 이길 수 있을지도 몰라."

"응!"

세베리아에게 다시 용기가 돌아왔다. 그때, 저 멀리서 외치는 소리가 들려온다.

"세베리아! 살아 있느냐?!"

"기사단장님!"

한쪽 다리를 잃어버린 남자가 철퇴에 의지해 먼 곳에서 바람을 맞고 있다. 그뿐 아니었다. 신성한 바움의 마법에 의지해 목숨을 건진 원정대들이 비록 멀긴 해도 꼿꼿이 서 있었다.

세베리아는 그들의 외침에 한결 힘이 났다.

이번 원정은 실패한 것이 아니다.

윈델의 마법이 번쩍였다. 매질은 나무, 성질은 폭발적인 성장. 윈델은 바움 아래 가장 성장 속도가 빠른 나무를 이용해 커다란 바람막이를 소환했다.

5초, 아니, 1, 2초밖에 버티지 못할지도 모른다. 그 정도면 충분했다.

바람이 멎자 세베리아가 달렸다. 우지끈 소리를 내며 윈델이 만든 바람막이가 산산이 부서졌다.

윈델은 그 나뭇조각에 세베리아가 다칠까 바로 역소환 마법을 외웠다. 순식간에 두 개의 마법을 외우느라 심장이 펄떡이고 숨까지 가빠졌다. 그리 대단한 마법도 아니건만, 마법은 인간의 힘이 아니었으니까.

실핏줄이 터졌는지 윈델의 한쪽 눈이 붉게 물든다. 그 너머 보이는 것은 세베리아의 반쪽짜리 검이 골렘의 목을 쳐내는 모습이었다.

녹슨 골렘의 머리가 힘없이 몸에서 분리되어 바람을 따라 계곡 밖으로 굴러갔다.

탕탕—

동굴 벽에 부딪치는 소리가 한참이나 메아리쳤다.

"윈델! 풍차를 부숴뜨려!"

아직 죽지 않은 골렘의 팔을 후려쳐 부수며 세베리아가 외쳤다. 윈델은 거칠게 뛰는 심장을 진정시키며 다시 한 번 마법을 소환했다.

매질은 납, 성질은 무거움.

거무튀튀한 은색의 납이 바람을 가르며 날아가 그대로 풍차의 축에 박혔다. 하나로 부족할지도 모른다는 생각에 윈델은 다시 마법을 외웠다.

쿵쿵—

윈델이 차례로 소환한 납의 창 세 개가 풍차 축에 박혔다. 번개 같은 것이 번쩍거리더니 폭발이 일어난다.

풍차가 힘을 잃는다. 점점 속도가 줄어들어 결국 세 장의 날개 모두 그 자리에 멈춰 붙었다.

가시칼바람 계곡의 바람이 멈췄다. 최후의 골렘은 세베리아의 검에 결국 멈추어섰다. 더 이상 움직이지 않았다.

윈델은 입가에 흐르는 피를 팔뚝으로 닦아냈다. 저 멀리 뒤쪽에서 환호성이 터져 나왔다. 살아남은 왕국의 원정대가 내지른 함성이었다.

"윈델! 가자!"

세베리아가 윈델에게 손을 내밀었다. 윈델은 고개를 끄덕이며 방패를 앞에 세웠다.

멈춰 선 풍차를 넘어 윈델과 세베리아가 전진한다. 더 이상 가시칼바람은 불지 않았지만, 혹시 있을 위험을 막으려 윈델이 방패를 앞세웠다.

원통형의 금속질 동굴은 이곳저곳 나무뿌리에 침식당해 있었다. 번들거리는 가는 줄이 제멋대로 늘어져 있고, 종종 파지직— 하며 파란 번개가 솟구쳐 오르기도 했다. 정말 으스스한 곳이었다.

몇 걸음 걷지 않아 두 사람은 막다른 골목에 도착했다.

"어떻게 할까요? 원정대를 기다릴까요?"

윈델이 물었다. 아직 정비가 끝나지 않았는지 원정대의 다른 생존자는 보이지 않았다.

"아니, 우리가 선봉이잖아. 기다리더라도 길을 열어놓고 기다려야지."

세베리아가 검 자루로 주위를 두들긴다. 모두 막혀 있는지

둔탁한 소리가 났다. 그때, 어딘가에서 터엉— 하는 메아리가
울렸다.

"쉿!"

세베리아가 윈델의 동작을 막으며 조금 전 두들겼던 곳을
다시 두드렸다. 하지만 단단히 차 있다.

이상하다는 생각에 걸음을 옮겼다. 그러자 다시 금속의 반
향이 울렸다. 속이 비어 있는 것은 바로 발밑이었다.

"윈델!"

"네, 아가씨!"

다시 한 번 윈델의 마법이 나설 차례다. 재질은 철, 성질은
강함.

망치처럼 생긴 것을 소환한 윈델이 마법의 힘으로 바닥을
내려쳤다. 쿠웅— 소리가 울리고 바닥에 커다란 구멍이 뚫렸
다. 희미한 빛이 흘러나온다.

윈델이 무릎을 꿇고 머리를 집어넣었다. 구멍 아래에는 방
이 하나 있었다. 주저 않고 그가 아래로 뛰어내렸다. 세베리
아도 그의 뒤를 쫓았다.

그리고 그곳에,

"책!"

책이다.

커다란 홀, 그 한가운데 바닥에 수십 개의 동심원이 그려져 있었다. 동심원들 사이에는 이해할 수 없는 문자가 가득했고, 무언가 강력한 마법의 힘 같은 것이 깃들어 있었다. 마법진인 모양이었다.

그리고 그 마법진 정중앙에 책이 있었다.

윈델이 책을 향해 한 걸음 내딛었다. 세베리아가 윈델의 소매를 잡아당겼다.

"잠깐!"

"왜요?"

"무섭지 않아?"

세베리아가 묻는 말에 윈델이 빙긋 웃는다.

"뭐가요. 그냥 책일 뿐이잖아요."

"하지만 세계를 멸망시킬 물건이라고 신탁에 나왔잖아."

"신탁에서 그랬잖아요, 찾아서 찢으라고. 찾았으니까 이제 찢으면 되는 것 아닌가요?"

윈델이 다시 한 걸음 다가갔다. 이제 다시 한 걸음이면 마법진 안이다.

"잠깐만!"

"또 왜요?"

"저게 신탁에 나온 그 책일까?"

"아, 글쎄요? 그건 모르죠. 찢고 나면 알 수 있지 않을까요?

신탁이 이루어지면 바움 신께서 또 다른 신탁을 내려주실 테니까요."

"그건 그렇겠구나."

세베리아가 수긍하는 사이 윈델이 다시 한 걸음 다가섰다. 마법진에 발을 딛는다.

마법진이 빛을 뿜어냈다. 파랗게 빛나는 온화한 광채가 윈델의 몸을 감싸고, 마법진에 새겨져 있던 문자들이 살아 꿈틀거리기 시작했다.

마법진 중앙에 있던 그 책이 제멋대로 펼쳐지더니 그 안의 문자를 바닥에 쏟아냈다. 그 신비로운 광경에 윈델은 눈을 크게 떴다. 그 순간, 발바닥에 굉장한 통증이 밀려왔다.

"으, 으윽!"

윈델은 신음을 뱉으며 무릎을 꿇었다. 그러자 이번에는 무릎에 격통이 느껴졌다. 바닥에 닿는 곳곳마다 통증이 스며들었다. 이 통증의 원인은 아무래도 마법진인 모양이었다.

세베리아가 윈델을 부축하려 왼손을 뻗었다. 그 순간 그녀의 눈에 들어온 것은 마법진의 문자가 뱀처럼 윈델의 몸을 휘감는 모습이었다.

"뭐, 뭐야, 이거!"

"세베리아! 다가오지 마!"

"어떻게 된 거야? 괜찮아?!"

세베리아의 외침에 윈델은 고개를 저었다. 세베리아가 당황하며 윈델의 팔뚝을 잡아당겼다. 그 순간 극심한 통증이 팔을 꿰뚫었다. 문자의 뱀은 어느샌가 세베리아의 왼손을 휘감고 있었다.

그 모습에 깜짝 놀라 윈델은 세베리아를 마법진 너머로 밀쳐 냈다. 세베리아는 떠밀려 엉덩방아를 찧었고, 왼팔을 휘감았던 문자의 뱀은 더 이상 꿈틀대지 않았다.

"위, 윈델……."

고대문자로 이루어진 뱀이 윈델을 삼켰다. 완전히 감싸여 윈델은 더 이상 보이지 않았다.

"윈델!"

목청이 터져라 세베리아가 윈델의 이름을 외쳐 불렀다.

한발 늦게 기사단원이 책이 있는 방 안으로 모습을 드러냈다. 그들은 마법진 위에 펼쳐진 괴상한 광경에 눈을 빼앗겼다. 이제는 외다리가 된 기사단장 게르함스가 세베리아를 부축해 일으키며 물었다.

"무슨 일인가?"

"저, 저도 잘 모르겠어요."

"윈델은?"

세베리아는 기사단장의 물음에 손가락을 펴 마법진 가운데를 가리켰다.

“저기… 먹히고 있는…….”

기사들이 깜짝 놀라 무기를 꼬나 쥐었다. 하지만 이미…….

3

윈델은 더 이상 아프지 않았다. 자신을 잡아먹을 듯 덤벼들던 글자들은 오히려 몸 안으로 흡수되었고, 군데군데 흔적만을 남겨두었다.

통증이 가라앉자 윈델은 간신히 몸을 가눌 수 있었다. 주위를 살펴보았다. 바닥의 마법진에 새겨져 있던 글자들이 모두 사라졌다. 몸에 전부 흡수된 모양이다.

마법진의 중앙에는 책 한 권이 뒹굴고 있었다. 신탁에 적혀 있던 바로 그 책이.

윈델은 허리를 굽혀 책을 잡았다. 그때, 한 여자의 날카로운 목소리가 들렸다.

“저, 저자가 책을 훔쳐 가려 하고 있어요!”

책을 들어 일어나며 윈델은 뒤쪽을 보았다. 세베리아, 자신의 아가씨가 자신에게 삿대질을 하고 있었다.

“신탁에 나온 세상을 제거할 자인 모양이에요. 저자를 죽이고 책을 되찾아야 해요!”

세베리아의 외침에 윈델은 뒤를 쳐다보았다. 그녀는 누구를 가리키고 있는 거지?

하지만 그곳에는 아무도 없었다. 수정처럼 투명한 유리질 벽에 비춘 윈델 그 자신의 모습밖에는.

뒷골이 서늘해져 윈델은 몸을 돌렸다. 부러진 검 한 자루가 정수리를 노리고 내려쳐 왔다.

"이 악마가! 이 악마가 나의 소중한 것을 빼앗아갔어!"

세베리아였다. 윈델은 뭐가 어떻게 된 건지 도통 알 수가 없었다.

"그……."

"책을 내놔! 더 이상 너에게 소중한 것을 빼앗기기 싫어!"

발작하듯 외치며 무지막지하게 검을 휘두르는 세베리아. 하나둘 참전할 듯 무기를 겨누는 기사단. 그 모습을 보며 윈델은 어쩔 줄을 몰라 했다.

'설마 저들 중 어느 누구도 나를 알아보지 못한다는 건가?'

윈델이 마법을 불렀다. 세베리아의 검에 직격당했다가는 죽는다. 인을 맺고 주문을 영창했다. 매질은 철, 성질은 강함.

그런데 마법의 힘이 일지 않는다.

퍼억—

부러져 날이 무뎌질 대로 무뎌진 세베리아의 칼날이 윈델의 어깨에 직격했다.

뼈가 부러지고 살이 파여 나갔을 거다. 윈델은 그대로 쿵—

주저앉고 말았다.

그 순간, 바닥이 윈델을 삼켰다. 돌바닥 같던 곳이 갑자기 액체라도 된 양 윈델을 가라앉혔고, 허우적거리며 윈델은 바위 속 깊은 곳으로 모습을 감추었다.

세베리아가 검끝으로 사라져 가는 윈델을 찍었지만, 애꿎은 바닥에 불꽃이 튀어오를 뿐이다.

기사단은 당황했다. 책을 찾기 위한 원정길, 그 험로 끝 도달한 곳에서, 바로 한 걸음 앞에서 외부인에게 책을 빼앗기다니!

세베리아가 소리를 질렀다.

"으아아아! 제길! 제기이일!"

분했다. 한발만 더 빨랐더라면 책을 차지할 수 있었을 텐데. 저 책을, 신탁의 책을 손에 넣었다면…….

세베리아는 책을 훔쳐 간 악마의 모습을 머릿속에 각인시켰다. 결코 잊지 않을 것이다. 잊을 수 없다.

기사단장 게르함스가 세베리아의 어깨를 토닥였다.

"진정하게. 그자의 얼굴을 보았지 않나. 다시 잡으면 될 일이네. 자네의 용맹함이 아니었다면 우리가 이곳에까지 도달하지도 못했을 걸세. 다시 봤네, 정말 다시 봤어. 이 세계에서 책에 가장 가까운 곳에 도달했던 자로서의 영광은 결코 사라지지 않을 것이네."

기사단장의 말에 세베리아는 주먹을 꾹 움켜쥐었다.

"꼭 찾을 겁니다."

그 순간 그녀의 왼팔이 욱신거리며 쑤셔왔다. 옷을 들춰보니 거무스름한 문양이 무늬처럼 팔뚝을 휘감고 있었다. 원래 있었던 건가? 세베리아는 이 문신 같은 것이 왜 생겨난 것인지 도통 기억나지 않았다.

이 방에는 더 이상 아무것도 남지 않았다. 기사단은 퇴각을 결정했다.

형편없이 규모가 줄어든 케임델 책 원정대의 퇴로는 그럼에도 비참하지 않았다. 몇 년 동안 어느 누구도 발견하지 못한 책을, 그 행방에 대한 단서를 얻은 것이다. 절반뿐일지는 모르지만 성공했다.

그럼에도 세베리아는 너무나 소중한 것을 잃어버렸다는 감각에 도통 기운이 나지 않았다. 잃어버린 것이 무엇인지 기억나지 않았지만 10년 전 언니가 죽었을 때 느꼈던 상실감보다 몇 배는 강렬했고 눈물조차 나지 않았다.

욱신거리는 왼팔이 짜증스럽다.

그리고 그 통증이 느껴질 때마다,

책을 뺏어간, 그리고 자신의 가장 소중한 것을 앗아간 그 남자를 저주했다.

Chapter 01
솔직히, 억울하다

Unterbaum
운터바움

1

　바닥에 빠져든 윈델은 쓰레기 냄새 지독한 어딘가로 굴러 떨어졌다. 어딘가라고밖에는 이야기할 수 없는 장소였다. 해가 드는 것을 보니 밖인 것 같긴 한데…….

　경사진 곳을 데굴데굴 굴러 떨어지던 윈델은 어딘가에 걸려 멈출 때까지 한 가지 생각에 골몰했다.

　'아까 그건 뭐지? 왜 아가씨가, 세베리아가 나를 죽이려 들었지? 혹시 못 알아본 건가? 내 모습이 바뀌었나? 아니, 분명 유리창에 비춘 모습은 나였는데…….'

　아무리 생각을 해도 결론이 나지 않았다. 그 순간, 머리가 아프더니 한 줄의 글이 떠올랐다.

　―파괴하거라. 그 나무, 그것은 이미 저주받았다.

　"뭐, 뭐야!"
　머리를 감싸 쥐었다. 그 글자가 얼마나 선명하게 뇌리에 인박혔는지 한참 동안 그 글 말고는 생각나는 게 없을 지경이었다.
　시간이 흐르고, 통증이 서서히 가라앉았다. 윈델은 주위를 둘러보았다. 누가 자신에게 마법이라도 쓰고 있는 건가 싶었다. 하지만 이곳은 인기척이라고 없는 쓰레기의 산이었다.
　"나무? 저주받은 나무가 뭐 어쨌다는 거야?"
　윈델은 투덜거리며 자리에서 천천히 일어났다. 먼저 자신의 몰골을 보고 싶었다. 세베리아가 못 알아볼 이유가 뭘까? 지금 가장 궁금한 건 그 사실이었다.
　주위를 둘러보았다. 퀴퀴한 냄새 가득한 이곳은 온갖 쓰레기가 굴러다니고 있는 작은 언덕이었다. 가시칼바람 계곡과 그리 멀지 않은 곳일 텐데 아무리 생각해 봐도 딱히 생각나는 장소가 없었다.
　거울이나 유리라도 좋았다. 매끈한 쇠붙이도.
　윈델은 거울을 찾기보다는 얼굴을 비출 만한 금속을 소환하는 게 빠르겠다는 것에 생각이 미쳤다.

"전지전능한 바움, 그분의 네 정령 우디스, 유구엘, 바이할, 취벨, 그 힘을 빌려 은의 거울을 내려주소서!"

그런데 당연히 뛰어야 할 심장의 맥박이 느껴지지 않았다. 심장에 기생하여 성장해 온 마법의 심장이 전혀 움직이지 않았다.

"어……."

손을 뻗어 왼쪽 가슴에 손을 댔다. 마법의 심장은커녕 심장도 뛰는지 어쩌는지 모르겠다.

무슨 일이 벌어진 거다. 윈델은 고개를 숙여 자신의 몸을 바라보았다. 발치에 한 권의 책이 굴러다니고 있었다. 그 책을 보자마자 윈델은 흠칫 떨었다.

신탁의 책. 세베리아와 같이 찾았던 신탁의 책이다.

책을 들어 펼쳐 보았다. 하지만 속에는 아무것도 적혀 있지 않았다. 지금 그 책은 그저 종이 뭉치에 불과했다. 그래도 혹시나 하는 생각에 윈델은 책을 허리춤의 가방에 구겨 넣었다.

자신의 모습이 보고 싶다. 이 생각에 강렬히 사로잡힌 윈델은 주변을 차분히 뒤지기 시작했다.

그때, 다시 두통이 몰려왔다. 글자가 머릿속에 새겨진다.

―엠베르크를 찾아라. 파괴자의 이름을 기억하라.

“아아악! 머릿속에 뭐야! 나가!”

누군가 망치 같은 것으로 뒤통수를 세게 갈긴 듯 아프다. 윈델은 소리를 질렀다.

“아으윽!”

하지만 대답없는 외침에 불과했다. 불행 중 다행인 것은, 통증은 금세 가라앉았고, 두 번째 경험이라 그런지 처음만큼 아프지 않다는 것이다.

“제길, 뭐지.”

눈살을 찌푸리며 윈델이 중얼거렸다. 그때, 누군가 머리 위쪽에서 윈델에게 말을 걸었다.

“아저씨도 거지야?”

눈살을 찌푸리며 소리가 들린 곳을 쳐다보았다. 조금 떨어진 쓰레기더미, 누군가 버린 옷장 위에 열 살이나 됐을까 싶은 여자아이가 걸터앉아 있었다.

신발은 짝짝이에 신사모를 푹 눌러쓰고 있었다. 올이 제멋대로 빠져나온 목도리와 구멍난 곳이 나지 않은 곳보다 많은 옷을 보니 그녀는 거지가 맞다.

“나는 거지 아니야.”

“에이, 거지 같은데? 거지가 아니라면 왜 여기에 있는 거야?”

"여기? 여기가 어딘데?"

"구엔글 쓰레기장."

드디어 위치를 짐작할 수 있는 단어가 나왔다. 구엔글이라면 가시칼바람 계곡에서 남쪽으로 제법 떨어진 곳이다. 느린 걸음으로 닷새쯤 걸릴 거리인데, 어떻게 하다 이렇게 먼 곳까지 날려온 것일까?

"이 오빠는 사정이 있어서 여기에 있는 거란다. 혹시 가까운 마을이 어딘지 가르쳐 주겠어?"

"구걸하러 가게? 안 그러는 게 좋을걸. 이 근처 마을은 인심이 고약해서 구걸하느니 이렇게 쓰레기장을 뒤지는 게 더 나아."

"아니라니까!"

윈델은 버럭 소리를 쳤다.

"거지 아니라고? 그럼 돈 있어?"

여자아이가 물었다. 윈델은 물론, 이라고 답하려다 잠시 머뭇거렸다. 그러고 보니…….

돈은 없다. 책을 찾는 원정대에 속해 있는 동안 숙식은 나라에서 해결해 주었다. 무슨 소풍을 나온 것도 아니고, 애초에 돈이 쓰일 법한 동네는 요 몇 년간 가본 적도 없다.

"돈은 없는데……."

"그럼 거지 맞네. 아무튼 따라와. 내가 마을에 데려다 줄게. 대신 내 짐을 들어줘야 해.”

여자아이는 옷장에서 뛰어내리더니 한쪽으로 손짓을 했다. 커다란 가방에 철물이니 천 같은 게 잔뜩 담겨 있었다. 언뜻 2, 30킬로그램은 될 듯 보였다.

“이거 말이야?”

“응. 내가 오늘 찾은 거야. 운이 좋았지 뭐야. 쇠가 이렇게 많이 있어서 어떻게 가지고 돌아갈까 고민하던 중에 아저씨가 저곳에서 쿵 굴러 내려왔어.”

소녀가 가리키는 곳은 이 쓰레기산보다 훨씬 높은, 산맥으로 이어진 경사면 쪽이었다.

“아무튼 빨리 들어. 또 다른 놈들이 오면 뺏긴단 말야.”

윈델은 소녀의 말에 따라 짐을 짊어졌다. 무거울 줄 알았는데 생각보다 무게가 느껴지지 않았다. 가뿐히 들어 척하고 어깨에 걸쳤다.

“와, 비실비실한 주제에 힘이 세네. 아 참, 내 이름은 요나야.”

“난 윈델.”

윈델은 요나의 뒤를 따라 마을이 있는 곳으로 걸음을 옮겼다.

2

구엔글 성 인근 쓰레기 하치장, 이곳은 마계와의 경계였다. 그렇기 때문에 쓰레기를 모아 버리는 장소가 되었겠지만.

윈델은 저 너머 그늘진 곳을 보며 요나의 뒤를 따랐다.

"마계는 자꾸 보지 말라고 했어."

"응?"

"제로나 할멈이 그랬어. 마계를 계속 쳐다보면 마계로 끌려들어 간다고. 비홀더가 영혼을 빼앗아 간다고."

요나는 돌부리를 툭툭 차며 걸었다. 오른발의 어른 구두가 너무 커서 자꾸 끌리는 모양이다. 왼발의 하이힐 때문일지도 모르고.

"나무 그림자일 뿐이야."

윈델이 툭 한마디 뱉었다.

"그래도 쉐도우 엘프들의 땅이잖아."

"그야 그렇지만."

"쉐도우 엘프들은 어린아이의 간을 좋아한다고 제로나 할멈이 그랬어."

윈델은 요나의 말에 아무런 대답도 하지 않았다. 정답은 몰랐다. 아니, 지금은 자신의 일로 머릿속이 가득 찼다.

"그런데 왜 쉐도우 엘프는 빛의 땅으로는 오지 않는 거야?"

요나가 물었다. 윈델은 건성으로 그녀의 말에 대꾸했다.

"빛을 싫어하니까."

"그럼 밤에는 왜 안 와?"

"밤에는 달빛이 비추잖아."

"달빛도 싫어하는 거야?"

"그렇겠지?"

요나가 걸음을 딱 멈추었다.

"그럼 빛을 가둘 수 있는 그릇을 만들면 마계를 정복할 수 있겠다!"

윈델이 어린 소녀의 말에 웃음을 터뜨렸다. 기분 상한 요나가 입술을 삐죽였다.

"왜 비웃는 거야?"

"아냐, 아냐. 그냥 어린아이다운 생각이다 싶어서. 그렇게 간단하다면 수만 년 동안 그들과의 전쟁에서 이기지 못할 이유가 없잖아."

어지간히 지기 싫어하는 성격이다. 요나가 여전히 뾰로통하니 한마디 한다.

"아, 왜 바움님은 그림자 아래 살아가는 마족을 만드신 걸까?"

"이곳도, 그리고 그곳도 결국 나무 아래야. 바움님이 인간들만의 신이라는 보장은 어디에도 없잖아? 그분은 그저 이곳에서 계실 뿐이야."

윈델은 말을 하며 하늘을 올려다보았다. 가없이 푸른 하늘 한가운데에 황금색의 태양이 떠올라 있다.

아직 색이 노란 것을 보니 3시를 넘기지 않은 모양이다. 3시가 넘어 황금색 태양이 자색으로 물들고, 그 자줏빛이 보라색으로 변하면 6시.

그리고 태양이 파란 하늘에 녹아들 무렵이 되면 달이 금색으로 빛나기 시작할 테다.

이 세계가 정말 나무 아래 있기는 한 걸까? 문득문득 그런 생각이 든다. 그것은 의심할 여지없는 진실일진대 보이지 않으니 쉽사리 믿기지 않는다.

"…델! 윈델!"

"응?"

"딴생각 그만하고 빨리 와. 태양이 자주색이 되기 전에 마을에 도착하려면 서둘러야 해."

"알았어."

요나의 말에 따라 윈델이 다시 걷기 시작했다. 제법 어깨가 뻐근할 만큼 들고 있었는데 이상하게 무거운 걸 들었다는 감조차 느껴지지 않았다.

그러고 보니 바로 얼마 전까지 가시칼바람 계곡에서 혈투를 벌였다. 그때 입은 상처들, 이상하게도 어느 한곳도 아프지 않다.

'정말 지금 내가 담겨 있는 이게 내 몸이긴 한 건가?

"요나."

"응?"

"나 어떻게 생겼냐?"

윈델이 물었다. 요나는 뚫어져라 윈델을 보았다. 그리고 꼬질꼬질한 소녀의 얼굴에 홍조가 떠올랐다. 팔꿈치로 윈델을 툭 쳤다.

"어머어머, 나 꼬시는 거야? 제로나 할멈이 그랬어, 남자가 여자를 부끄럽게 만들면 그게 꼬시는 거라고."

"아, 아니, 그게 아니고."

"아니야?"

요나의 표정이 급격히 차가워진다.

"날 가지고 노는 거야?"

"그러니까, 그냥 순수하게 물어보는 거야. 지금 내 모습이 어때?"

"어떠기는, 검은 머리에 하얀 피부, 얼굴에 낙서가 되어 있 잖아."

윈델은 눈살을 찌푸렸다.

"검은 머리?"

"응. 새까만 머리. 군데군데 하얀 얼룩이 있는데… 새치랑은 달라."

"얼굴에 낙서가 있다고?"

"응."

요나는 대답을 하고는 곧바로 바닥에 그림을 그렸다. 그림
인지 글자인지도 알 수 없는 묘한 도형이었다.

"그게 내 얼굴에 있다고?"

"응. 이마 한가운데에."

완전히 다른 사람의 몸에 들어오기라도 한 건가?

윈델은 요나의 말에 정신이 다 없을 지경이었다. 그래서 세
베리아가 자신을 알아보지 못했던 걸까? 동료들이 자신을 공
격하려 했던 걸까?

하지만 단순히 그렇게 생각하기에는 그때의 상황이 맞지
않았다. 그녀는 자신이 책이 있는 마법진 안으로 걸어 들어가
는 모습을 봤다. 그리고 그 마법진으로부터 공격을 받는 것을
처음부터 끝까지 지켜보지 않았는가?

그래 놓고는 흡사 자신을 완전히 잊은 것처럼…….

윈델이 넋을 놓고 있자 요나는 또 한 번 그의 이름을 불렀
다. 하지만 한참을 불러도 대답이 없다.

"무시하는 거야?"

요나는 짜증이 났다. 발로 윈델의 정강이를 세게 걷어찼
다. 걷어찬 자신의 발끝이 찌릿할 만큼 세게.

그래도 윈델은 요지부동, 먼 산만 보고 있다.

"바보인가?"

요나는 마을 안에 살고 있는 코찡찡이 바보를 떠올려 보았다. 만날 1마크만, 1마크만 하고 사람들을 쫓아다니다 얻어터진다. 그래도 뭐가 좋다고 실실 웃기만 하던.

"거울 없어?"

그때, 가만히 있던 윈델이 물어보았다.

"응?"

"거울 말이야."

"아……."

요나는 윈델의 말에 엉겁결에 품에 가지고 다니던 거울을 꺼냈다. 본래 손거울이었을 듯한 깨어진 거울 조각을.

비록 산산이 깨져 고작 동전 크기 정도였지만, 얼굴을 비추기에는 충분했다. 윈델은 그 작은 거울 틈으로 자신의 모습을 보았다.

그곳에는,

걱정한 것과는 달리 자기 자신이 있었다. 검은 머리칼, 이마의 글자, 요나의 말 그대로 변한 부분은 있었지만, 어딜 보나 거울 안에 있는 건 윈델, 윈델 퀴렌스였다.

"왜 그러는 건데?"

요나의 목소리에 짜증이 섞였다. 제멋대로인 윈델에게 화가 난 모양이었다. 윈델은 거울을 다시 요나에게 돌려주었다.

"미안. 내 모습이 얼마나 변했나 확인해 보고 싶었어. 실은 오래전부터 알고 지내던 사람들이 최근에 나를 알아보지 못한 일이 있었거든."

"응? 어떻게?"

"그게 나도 모르겠어."

윈델은 다시 걸음을 옮겼다. 요나가 그의 곁을 나란히 쫓았다.

"얼굴이 변했어?"

"아니, 그대로야. 머리카락 색은 검게 변하고 얼굴에 낙서가 생긴 건 맞는데, 세베리아가 그런다고 내 얼굴을 알아보지 못할 리가 없어."

"세베리아? 애인이야?"

"아니, 내가 모시는 아가씨. 친구이기도 하고."

말을 하던 윈델이 요나를 쳐다보며 새삼 당부했다.

"이건 비밀이야."

"응? 모시는 아가씨라는 게?"

"아니, 친구라는 거. 그녀는 귀족이고 나는 평민이니까."

"와! 귀족 친구가 있는 거야? 나도 그랬으면 좋겠다. 성에 초대되어 무도회도 가고 예쁜 옷도 빌려 입고."

넝마 같은 옷을 펄럭거리며 요나가 제자리에서 핑그르르

돈다, 춤이라도 추는 듯.

"이곳은 정말 싫어! 거지 같은 반이시 패거리도 꼴 보기 싫고!"

요나가 빽 하고 짜증을 부렸다. 그 모습을 보며 '반이시 패거리?' 라는 질문을 막 윈델이 하려는 그 순간,

"내가 그렇게 보기 싫냐?"

스물이 됐을까 말까 한 남자 하나가 쓰레기더미 사이에서 모습을 드러냈다. 넝마를 몸에 걸쳤지만 목에 구릿빛으로 빛나는 목걸이를 하고 있었다. 허리에는 검인 양 쇳덩이까지 차고 있다. 얇고 긴 쇳덩이 끝을 가죽으로 감아놓은 정도였지만.

"아, 아니……."

요나가 당황하여 윈델 뒤로 몸을 숨겼다. 새로 나타난 남자 곁으로 제법 덩치 큰 대머리가 하나에, 입에 뭔가를 넣고 오물거리는 난쟁이가 어슬렁어슬렁 다가선다. 그림을 그린 듯한 악당이었다.

"그런 게 아니야. 반이시, 그게 아니라……."

"나 너무 마음 아프다. 나는 그냥 이곳에서 조용조용히 살아가고 있는데, 쓰레기 마을의 동료들이 나를 미워할 거라고는 상상도 하지 못했어."

"미안해. 세금 줄게. 그러니까 화내지 마. 오늘은 고철이

제법 많아. 못해도 30킬로그램은 될 거야. 언제나처럼 1/3 줄
테니까……."

"그걸로는 내 상처 입은 마음이 치유되지 않을 것 같은
데?"

"그럼 얼마나? 반?"

반이시가 윈델의 무릎 뒤에 숨은 요나를 보기 위해 옆걸음
질을 쳤다. 요나가 반이시의 시선을 피해 그 반대쪽으로 윈델
을 따라 몸을 돌렸다.

"안 돼."

"설마 2/3?"

"모자라."

반이시가 점점 윈델에게 가까워진다. 그는 처음부터 윈델
같은 것에는 관심조차 없는 듯했다. 기둥 취급을 하며 요나와
의 숨바꼭질을 계속했다.

"전부 다 달라는 거야?"

"아니. 두 배."

"응?!"

"고철 60킬로그램. 모아올 때까지 용서하지 않을 거야. 내
가 용서하지 않는다면 그게 뭘 의미하는지 알아?"

요나가 윈델의 뒤에서 도리질을 쳤다.

"하하, 나도 몰라. 그날그날 기분 내키는 대로 너를 때려주

고 또 괴롭힐 거야. 고철 60킬로그램을 내 앞에 가져올 때까지."

윈델이 말을 꺼낸 게 그때였다.

"저기……."

반이시가 눈을 치켜떴다.

"그거 좀 가혹하지 않아요? 그냥 이걸 다 받는 걸로……."

반이시는 대답을 다 듣지도 않았다. 냅다 주먹을 질러 윈델의 배를 후려쳤다. 퍽— 소리가 나고 윈델의 몸이 살짝 굽었다.

"너 뭐냐? 이 마을 사람도 아닌 게 왜 끼어드는 거냐? 요나, 이놈 뭐야? 네가 부른 거야? 응? 반이시에게 반항하려고 어디서 데려오기라도 한 거야? 응?"

"아니야!"

요나가 손사래를 쳤다. 윈델이 그런 요나를 뒤로 물러나게 했다.

"고작 이런 곳의 건달 주제에……."

윈델은 얻어맞은 배를 쓰다듬으며 반이시를 노려보았다. 배는 아프지 않았다. 아니, 맞았다는 느낌조차 없었다. 맞는 순간 '뭐 이렇게 약해?', 이런 생각을 했을 정도로.

그냥, 맞아서 반사적으로 허리를 굽히고 배를 쓰다듬었을 뿐이다.

“내가 뭐냐고? 케임델 명문 뷔렛 가문의 기사 세베리아님의 종자시다!”

기사의 종자라는 말에 반이시의 부하들이 눈치를 본다. 반이시는 이미 마음의 결정을 내린 후였다, 싸우기로.

“앙, 그게 어쨌다는 거야?! 기사의 종자면 어쨌다는 거야? 무기도 없는 게.”

흰 눈을 뜨며 꼬나보고, 허리의 쇳덩이를 손에 움켜쥐었다. 그저 기다란 쇳조각인 주제에 날도 제법 서 있었다. 제대로 맞으면 살갗이 찢기고 뼈까지 드러나겠다.

윈델은 하지만 태연했다. 늘 세베리아의 대련 상대가 되어 준 자신이다. 검을 쓰는 건 자신없었지만 검끝을 피하는 데는 이력이 나 있다.

“무기가 없다고? 기사의 종자가 무기를 쓴다는 편견은 어디서 온 거야?”

비웃음 섞인 말투로 윈델은 손을 들어 손끝으로 반이시를 겨누었다. 저까짓 놈은 가장 하급의 마법으로도 충분하다. 매질은 돌, 속성은 단단함. 금속 시대 이전, 바위 시대의 마법이다.

“마, 마법사!”

반이시가 깜짝 놀라며 두 손으로 머리를 감싸 쥐었다. 검술 같은 걸 배운 적도 없는 건달이 마법사를 무슨 수로 이길 수 있단 말인가!

두 부하는 벌써부터 반이시를 버리고 뒤돌아 달아났다.

그런데,

윈델의 손끝에서 아무것도 나오지 않았다. 어쩌고저쩌고 마법의 주문까지 영창했는데, 여전히 손가락질만 하고 있을 뿐이다.

모양 빠지게 얼굴까지 감싸 쥐고 주저앉았는데…….

반이시는 슬쩍 눈을 내밀어 윈델의 눈치를 살폈다.

"뭐, 뭐야! 깜짝 놀랐잖아!"

"어… 왜 이래. 취벨이시어, 돌멩이를 빌어주소서!"

그때, 돌멩이 하나가 날아왔다. 윈델의 마법에서 비롯된 것이 아니라, 반이시의 부하 중 하나가 팔매질한 돌이었다. 빡— 소리를 내며 돌이 윈델의 머리를 직격했다.

"에이 씨! 괜히 쫄았네!"

반이시는 소리를 치며 다시 무기를 꼬나 쥐었다.

한편, 윈델은 머리가 떵하니 울렸다. 반이시의 부하가 던진 돌에 맞아서가 아니다. 아까부터 전혀 마법의 힘이 일어나지 않는다.

'왜 마법이 전혀 일어나지 않는 거지?

"이 개XX!"

반이시의 철검이 윈델의 머리통을 쿵 하고 후려쳤다. 보통 사람이면 일격사다.

충격에 윈델은 머리가 혹 꺾였다. 하지만 피부 하나 찢기지 않았다.

그 점을 이상하다고 느끼기도 전에 반이시 패거리가 윈델을 덮치고 두들겨 패기 시작했다. 주먹 여섯 개에 다리가 여섯이다 보니 뭇매는 쉴 틈조차 주지 않았다.

"그, 그만해!"

몇 걸음 떨어진 곳에서 보던 요나가 소리를 질렀다. 워낙 살벌하게 푸닥거리를 치르는지라 겁을 집어먹은 것이다.

"그러다 죽어."

"죽으라고 패는 거야! 어디서 이 반이시님에게 덤벼!"

바닥에 넙죽 엎드린 윈델을 패고 패고 또 팼다. 이놈의 몸은 어찌 이리도 느낌이 좋은지 주먹 하나, 발길질 한 번이 쫄깃쫄깃 파고든다. 마음 같아선 집에 데려가 묶어놓고 스트레스 쌓일 때마다 두들겨 패고 싶다.

반이시는 이미 윈델이 죽었을 거라 생각하고 있었다. 때릴 때의 느낌이 마음에 들어 아직도 패고 있을 뿐이었다.

한편, 그들의 생각과는 다르게 윈델은 웅크리고 얻어터지며 다른 생각을 하고 있었다.

처음 한 생각은 왜 마법이 계속 실패하는 건가였다. 초일류급은 아닐지라도 칭찬까지 몇 번 들은 수재였다. 세베리아에게 누가 되지 않을 만한 실력은 갖추고 있었다.

그런데 아까부터 실패의 연속이다. 컨디션이 좋지 않나? 바위 시대 마법까지 실패할 거라고는 상상도 하지 못했다. 배우고 1주일 만에 성공한 마법인데.

그러한 고민도 잠시, 지금은 마법에 대한 것보다 훨씬 큰 의문이 머릿속을 가득 메웠다.

'왜 안 아픈 거지?'

처음 반이시에게 주먹을 맞았을 때만 해도, 아, 나도 만날 세베리아에게 얻어맞다가 결국 맞기의 달인이 됐나 보구나 하고 생각했다. 별명이라도 하나 지어볼까? 맞기의 달인, 뭇매 윈델 선생, 뭐 이런 거.

그런데 반이시의 칼에 머리통을 제대로 얻어맞은 그 순간 정신이 퍼뜩 들었다.

이렇게 얻어터지는데 감각이 없다. 아니, 맞고 있다는 감은 있는데 아프지 않았다. 혹시 통증을 느끼는 신경 같은 게 죽었나 싶어 맞은 곳을 살폈는데 찢어지기는커녕 멍조차 없다.

윈델은 자신의 몸에 무언가 커다란 변화가 왔다는 것을 실감했다. 세베리아가 자신을 알아보지 못한 것, 마법진 안에서 벌어졌던 일, 그리고 지금 통증이 거의 느껴지지 않는 몸. 이 모든 것이 연관되어 있을 것이다.

끝나지 않을 것 같던 반이시와 그 부하들의 주먹세례가 결국 잦아들었다. 아무리 재미있는 일이라도 계속하면 질리는 법이다. 반이시가 윈델의 옆구리를 있는 힘껏 차올리는 것을 끝으로 세 사람의 손발이 멈추었다.

"퉤! 별 이상한 새끼 다 있다니까."

반이시가 바닥에 침을 뱉으며 요나에게 다가갔다. 꼬마 숙녀의 머리에 있는 모자를 툭 쳐버리고는 말했다.

"잔꾀 부리지 말고 고철을 모아와. 저렇게 얻어터지기 싫으면."

그리고는 윈델의 곁에 떨어진 고철들을 부하들을 시켜 모으게 했다.

요나는 그 모습을 보며 훌쩍훌쩍 울음을 터뜨렸다. 윈델이 죽었다는 게, 그리고 무거운 짐이 지워졌다는 게 한없이 서러웠다. 구슬 같은 눈물이 눈에서 뚝뚝 떨어졌다.

그때였다.

"저, 저거……."

반이시의 부하 중 난쟁이가 하늘에 손가락질을 한다.

"저거 그거 아니야?!"

그가 다급하게 외쳤다. 반이시와 요나, 또 다른 대머리거인까지 모두들 눈을 하늘로 돌렸다.

파랗기만 하던 하늘 한쪽에 거무튀튀한 그림자 같은 것이 생겨났다. 점차로 커지던 그 점이 어느샌가 수십 년 묵은 나무만 하게 자라났다.

"추, 축복이다!"

반이시가 말까지 더듬으며 외쳤다.

"쓰레기 마을에 축복이 내린다! 성기사 놈들이 오기 전에 뒤져 보자. 세실리파의 칼날이라도 줍는 날에는 완전 횡재다!"

난쟁이가 소리를 지른다.

"나는 카마드의 눈이 있었으면 좋겠어!"

거대한 기둥, 아니, 나뭇가지 같은 것이 몇백 미터쯤 떨어진 곳에 쿵 하고 처박혔다. 그 충격에 돌이며 쓰레기 섞인 흙더미가 파도처럼 하늘로 퍼져 올랐다가 쏟아져 내렸다. 태양까지 가릴 만큼 뿌연 흙먼지가 폭풍처럼 불어닥쳤다.

반이시와 다른 두 명이 요나가 모은 고철을 내팽개치고 하늘에서 뭔가가 추락한 곳으로 달려갔다. 요나도 그 뒤를 쫓으려다가 윈델의 주검을 보고는 잠시 망설였다.

정말 저렇게 버려두기에는 마음이 편치 않았다. 따지고 보면 자신 때문인데……

"누가… 끼어들랬나."

볼멘소리로 중얼거렸다. 그래도 끝내 윈델의 죽음(?)을 버려두기는 힘들었고, 거적때기라도 가져다 덮어주려 그의 곁으로 다가갔다. 그 순간 요나의 귓전에 믿기지 않는 소리가 들렸다.

"괜히 끼어들었지, 역시?"

"사, 살아 있어?"

윈델은 끙, 하며 몸을 일으켰다. 아무렇지는 않다고 해도 하도 맞다 보니 뼈마디가 뻐근했다. 우드득 소리를 내 몸을 비틀었다.

"응, 살아 있어."

"어, 어떻게… 어떻게 그렇게 얻어맞았는데 괜찮은 거야?"

"그러게. 어떻게 괜찮지?"

이렇게 중얼거리며 윈델은 요나의 가방에 다시 고철들을 쑤셔 담았다.

"60킬로그램 모으려면 고생이겠다."

"그, 어떻게 죽지 않은 거냐고?!"

믿기지 않는 모양이다. 아니, 믿고 뭐고 그렇게까지 얻어맞고 살 수 있는 인간은 없다.

"나도 그건 몰라. 원래 이런 몸이 아니었으니까. 나도 처음 알았어. 이렇게 얻어맞고도 죽지 않을 수 있다는걸."

윈델은 여전히 몸을 이리저리 비틀고 있었다. 우드득 하는 소리가 끊이질 않았다. 아프지는 않았지만 뻐근했고, 스트레칭을 좀 해주고 나니 이제야 몸이 정상으로 돌아왔다.

"이제 이렇게 맞기만 하는 건 하지 않는 게 좋겠다."

윈델이 다시 등에 요나의 고철을 짊어졌다.

"정말 괜찮은 거야?"

"뭐가?"

"몸 말이야."

"괜찮은 것 같아. 아 참, 그러고 보니 축복이 내렸다며. 가보지 않을 거야? 보물이 있을지도 모르잖아. 이제 곧 가까운 신전의 성기사들이 들이닥칠 텐데, 그전에 챙기지 않으면 영영 손에 넣을 수 없어."

요나는 윈델의 말에 고개를 끄덕였다.

"응, 가보고 싶어."

하지만 몇 걸음 달리지 않아 발을 멈추더니 윈델을 보았다.

"그런데… 윈델은 왜 말리지 않는 거야? 축복은 바움 신께서 내리시는 거잖아. 바움 신전에서 관리하는 게 당연한 거고. 윈델은 성의 기사단에 소속되어 있던 거잖아. 그럼 귀족 편 아니야?"

'축복'에 신전 이외의 사람이 손을 대는 것은 국법으로 엄하게 금지하고 있다. 그곳에서 나오는 보물은 국력을 좌지우지할 만큼 굉장한 것들이었다.

"나는 축복이 싫으니까."

"왜?!"

"정확히는 내가 아니라 세베리아 아가씨가 싫어해. 인간의

목숨을 앗아가는 것을 '축복'이라 부르는 이 세계는 미쳤다
고.”

“세계가 미쳐?”

요나는 고개를 갸웃했다.

축복은 하늘에서 떨어져 내리는 바움의 잔가지였다. 바움,
이 세계를 뒤덮고 있다는 한 그루의 나무는, 당연한 얘기지만
시든 가지, 잎 따위가 땅으로 떨어지곤 했다.

문제는 나뭇가지 하나의 크기가 보통 나무만 하다는 점이
었고, 그게 민가에 떨어지기라도 하면 재앙에 가까웠다. 떨어
진 나뭇가지가 사람들의 목숨을 수십씩 앗아가는 일은 그리
드물지 않았다.

그럼에도 사람들은 바움 신이 주신 나뭇가지를 '축복'이
라고 불렀다. 가지와 함께 떨어지는 보물 때문이었다.

이 세상 어느 금속보다도 강한 '세실리파의 칼날', 먼 곳까
지 보이고, 그 거리까지 표시된다는 '카마드의 눈', 그 밖에
도 수많은 보물이 나뭇가지와 함께 떨어지곤 했다.

물론 반드시 떨어지는 것은 아니었지만, 축복이 있을 때 신
전에서는 축복과 함께 오는 보물들을 파악할 권리와 의무가
있었다.

“그런 건 모르겠어. 그치만 나도 보물을 손에 넣고 싶어.”

요나가 먼저 달리기 시작했다. 윈델은 고개를 끄덕이고 요

나의 뒤를 쫓았다. 축복을 눈으로 직접 보는 건 꽤 오랜만이
다. 좋은 구경거리가 될 법하다.

3

"이번 축복은 제법 크네."

나뭇가지가 한눈에 내려다보이는 언덕 위에서 윈델이 중
얼거렸다.

"큰 거야?"

요나가 물었다.

"응? 아, 뭐, 그럭저럭."

축복은 전체 길이가 30미터쯤 될까? 구불구불하고 거무튀
튀한 기둥의 모습이었다.

"지금까지 내렸던 가장 큰 축복은 총 길이가 5킬로미터였
대. 도시가 반 토막 날 정도로 큰 충격이었고, 사람도 만 명이
나 죽었대."

"우아!"

요나가 탄성을 질렀다.

벌써 수십 명은 될 듯한 사람들이 축복 근처에 모여 있었
다. 하나같이 거지꼴을 한 것이 아직 성기사단은 도착하지 않
은 모양이었다. 그들 가운데에는 반이시 패거리도 있었는데,

그 세 욕심꾸러기는 사람들을 겁주어 근처에 오지 못하게 하는 중이었다.

"가볼까?"

"응."

요나는 어느샌가 윈델의 뒤를 쪼르르 따르고 있었다. 수천 대를 맞아도 죽지 않는, 그야말로 좀비 같은 생명력의 남자라 의지가 되고도 남는다.

"나뭇가지라고 해서 나무일 거라 생각했는데… 좀 다르네."

제법 축복에 가까워지자 세세한 부분까지 눈에 들어오기 시작했다. 자글자글한 주름이나 모양새 같은 것은 나무와 비슷하기도 했지만, 그 질감이 완전히 달랐다. 살짝 광택이 나고 색도 흑색에 가까웠다.

"학자들에 의하면 숯이랑 비슷한 재질이래. 하지만 나무보다는 훨씬 강하다고 해. 그게 아니라면 수십, 수백 킬로미터나 되는 가지를 지탱할 수 없을 거야."

"그렇구나."

요나가 고개를 끄덕끄덕한다. 그때, 반이시가 요나의 모습을 발견했다. 험하게 칼을 휘두르며 다가오다 윈델과 눈이 마주쳤다.

"어! 너, 너는……."

“다시 만났네?”

윈델이 손을 들어 인사를 했다.

“마, 말도 안 돼!”

반이시의 두 부하도 황당한 듯 입을 쩍 벌리고 있었다. 하지만 재회의 기쁨을 나눌 만한 시간은 그리 길게 주어지지 않았다.

“으아아아악!”

누군가 비명을 질렀다. 공포, 아니, 그걸 넘어선 죽음의 기운이 느껴지는 괴성이었다.

모두가 그쪽을 보았다. 윈델 역시 심상치 않은 분위기에 눈을 돌렸다. 눈살이 찌푸러든다.

“골렘……”

윈델은 목소리를 낮췄다. 가시칼바람 계곡에서 수많은 기사의 목숨을 앗아갔던 금속 골렘이었다. 축복에 묻혀 함께 떨어진 모양이었다.

“저게 뭐야? 금속 인형?”

“골렘이라고 해. 고대 에르시안 시대의 연금술사들이 창조했다는 악마의 인형. 주위의 것을 닥치는 대로 파괴하기 때문에 보는 즉시 죽여야만 해.”

금속의 인형이 상체를 일으켜 세웠다. 아직 다리는 흙 속에 파묻혀 있는지 움직임이 둔해 보였다.

"도망치자."

윈델이 요나에게 짤막히 말했다. 마법이라도 있으면 어떻게 덤벼보기라도 하겠지만, 쓸데없이 건강하기만 한 몸으로는 무리일 게 뻔했다. 게다가 혼자다.

아직 하체가 땅에 묻혀 있는 골렘을 보고 몇몇 용기있는 비렁뱅이들이 막대를 들고 덤볐다. 쇠 지팡이로 내려칠 때마다 깡깡― 하는 소리가 메아리를 쳤다.

하지만 골렘은 그런 공격에는 꿈쩍도 하지 않았다.

"바보 같기는. 제대로 수련한 기사가 아니고는 상처 하나 입히기 힘들 텐데."

윈델은 안타깝다는 생각에 소리를 쳤다.

"놔두고 도망쳐요! 성기사들한테 맡겨요! 이제 곧 가까운 곳의 성기사들이 올 테니까!"

하지만 비렁뱅이들은 윈델의 말에는 아랑곳 않았다. 저 골렘을 어떻게든 잠재우고 축복의 보물을 차지해야 했다. 아직 변변한 보물조차 손에 넣지 못했는데…….

반이시의 일행도 윈델을 뒤로하고 골렘을 공격하러 달려갔다.

"비켜! 그 고철덩이는 내가 갖겠어!"

반이시는 제법 거창하게 뛰어올라 힘껏 쇠칼을 내려쳤다. 하지만 빠각― 소리가 나며 쇠칼이 두 동강 날 뿐이었다. 골렘의 머리에는 잔금 하나 가지 않았다.

"안 된다니까."

윈델은 고개를 저으며 요나와 함께 축복에서 먼 곳으로 달리기 시작했다. 그러던 중 요나가 갑자기 걸음을 멈췄다. 그리고는 골렘이 있는 곳으로 뜀박질을 했다.

"멈춰, 요나! 그쪽으로 가면 위험해!"

"제로나 할멈이야!"

요나는 윈델의 제지에 손짓을 해 한 노파를 가리켰다. 축복 근처, 사람들이 골렘과 악다구니를 벌이고 있는 장소에서 그리 멀지 않은 곳에 한 노파가 땅을 헤집고 있었다.

"제로나 할멈을 데려가야 해. 죽으면 가여워."

요나의 말에 윈델은 이를 꽉 깨물었다. 어째 일이 쉽게 끝날 것 같지 않았다. 마법이 있다면……

요나는 노파 제로나가 있는 곳으로 다가갔다.

"할멈, 이럴 때가 아니야. 빨리 도망쳐."

"요나 아니냐. 시끄럽다, 요년아. 이런 보물이 또다시 떨어질 것 같으냐? 내 육십 평생 이곳에서 지냈지만 축복이 내린 건 이번이 처음이야. 이때 한몫 안 챙기면 영영 쓰레기산에서 살아야 해."

요나는 노파의 허리춤을 안아 당겼다. 열 살짜리 꼬마나 예순 노파나 힘이 거기서 거기라 두 사람은 한참이나 엎치락뒤치락했다.

윈델만 옆에서 속이 타서 빨리, 빨리를 속으로 외치는 중이었다. 바로 그때,

세 사람의 가운데에 붉은 덩어리가 뚝 하고 떨어졌다. 그것이 사람의 팔이라는 걸 알아채는 데 몇 초나 걸린 건 전혀 상상하지 못했던 광경이기 때문일 것이다.

"꺄아아아악!"

요나가 비명을 지르고, 노파가 놀라 엉덩방아를 찧었다. 윈델은 이를 악다물며 골렘이 있는 곳을 보았다.

키가 3미터는 될 듯한 거인의 손에 팔이 찢겨 나간 사람이 들려 있었다. 죽었는지 이미 축 늘어져 있다. 섬뜩한 그 광경에 골렘을 둘러싸고 몽둥이찜질을 가하던 쓰레기산의 비렁뱅이들은 숨 쉬는 것까지 잊었다.

그 골렘은 새빨갛게 빛나는 눈동자로 주변을 살폈다. 사람 하나하나를 조사라도 하는 양 훑어본다. 윈델과 눈이 마주쳤다. 그 순간, 골렘이 그르릉 괴상한 울음소리를 냈다.

윈델은 왜 그것이 자신을 보고 목울음을 내는지 따위는 알고 싶지 않았다. 마법도 쓸 수 없는 지금 저런 것과 싸울 생각은 없다. 한시라도 빨리 이곳에서 달아나야겠다는 생각으로 머릿속이 가득했다.

"빨리 도망치자."

윈델이 요나를 독려하자 그녀는 제로나 할멈을 끌어당겼
다. 허리가 풀렸는지 제로나 할멈은 그 자리에 주저앉아 꼼짝
도 못했다.

결국 윈델이 노파의 팔을 잡아당겼다. 솜털같이 가볍게 끌
려 올라와 노파가 벌떡 일어선다.

요나가 뛰고, 제로나 할멈이 그 뒤를 쫓았다. 윈델도 그 두
사람을 쫓아 달리기 시작했다. 그러자 골렘이 윈델을 추적했
다.

처음 윈델은 설마했다. 달리다 방향을 꺾어보기도 하고, 일
부러 달리는 속도를 늦추기도 했다. 하지만 여전히 골렘은 윈
델을 향해 일직선으로 뛰었다.

"어? 뭐야, 저거? 쉬쉬! 저리 가! 왜 나를 쫓아와? 너를 때리
던 사람들은 거기 많이 있잖아!"

윈델이 소리를 쳤다. 골렘은 들은 체 만 체다. 점점 거리가
가까워지고, 윈델은 엉덩이에 불이 붙은 양 미친 듯이 달렸
다.

후웅—

바람 가르는 소리가 심상치 않았다. 윈델은 그대로 앞으로
몸을 던졌다. 흙바닥을 쿠션 삼아 데구루루 굴러 충격을 분산
시켰다. 머리 위로 골렘의 날카로운 손톱이 스쳐 지나는 모습

이 얼핏 보였다.

멈춰 선 윈델이 벌떡 일어나 골렘에게 몸을 틀었다. 골렘은 경계하는 몸짓으로 윈델 앞에 자리를 잡았다.

"뭐야? 정말 내가 목표야?"

윈델은 울고 싶은 심정이었다. 세베리아는 모른 척하고, 마법은 실패투성이, 거기다 더해 골렘의 데이트 신청이라니.

도망친다고 해서 해결될 일이 아니었다. 뭣보다 달리기 속도가 골렘 쪽이 훨씬 빨랐다.

윈델은 왼쪽 심장 언저리를 더듬었다. 마법의 심장은 여전히 뛰지 않는다.

그럼 어쩔 수 없다. 이상하게 튼튼해져 건달의 주먹 수천 대를 가볍게 버텨낸 이 몸뚱이를 믿는 수밖에.

윈델은 주변을 살폈다. 쓰레기더미 가운데 뭐 쓸 만한 게 있을까 싶어서였다. 검술을 제대로 배운 적은 없지만 수없이 봐왔으니까.

하지만 이곳 쓰레기더미에 '쇳조각' 따위는 없었다. 진작에 비렁뱅이들이 주워다 팔았을 테니까.

그 순간, 골렘의 몸이 가까워져 왔다. 발바닥에 바퀴라도 달린 건지 재빠르게 움직여 순식간에 파고들었다.

윈델은 오른쪽 앞으로 몸을 던졌다. 일단 피하자! 그 순간, 골렘이 팔을 길게 뻗어 윈델의 허리를 찍어 눌렀고, 그 엄청

난 충격에 윈델의 몸은 제멋대로 꺾이고 흔들렸다.

단 일격에 윈델이 골렘의 손아귀에 축 늘어졌다. 멀지 않은 곳에서 그의 싸움을 지켜보던 요나가 비명을 질렀다. 제로나 할멈도 끔찍하다는 듯 눈을 가렸다.

하지만 윈델은 그 순간에도 눈을 뜨고 있었다.

"장하다, 내 몸."

한마디 툭 뱉고는 골렘의 손아귀 틈에 두 손을 꽂아 넣었다. 왜라고 설명할 수는 없지만 골렘의 팔을 뿌리칠 수 있을 것만 같다.

윈델은 골렘의 손가락 중 엄지와 검지를 꽉 쥐고 좌우로 당겼다. 윈델의 팔뚝이 불끈거린다.

그 순간, 그의 양팔 피부 위로 거무스름한 문자들이 떠올랐다. 윈델은 자신의 팔과 손에 어린 문자들을 보며 깜짝 놀랐다.

마법진 위에서 자신을 잡아먹으려 덤벼들던 문자열의 뱀, 그때처럼 글자들이 피부를 휘감고 꿈틀거렸다.

뭔지는 모르겠지만, 윈델은 그 순간 양 손아귀에서 굉장한 힘이 솟는 것을 느꼈다. 금속 골렘의 손아귀를 벌리는 것은 물론이거니와 그 엄지와 검지를 손아귀 안에서 완전히 우그러뜨렸다.

골렘이 괴성을 지르며 요동을 치고, 그 탓에 윈델은 골렘의 손아귀에서 완전히 벗어날 수 있었다.

"이거 되네!"

윈델이 흥분해 외쳤다. 그의 눈동자가 검게 물들고, 온몸에 문자들이 솟아나 꿈틀거렸다. 아지랑이처럼 아른거리는 회색의 문자들이 두근두근 떠올랐다 가라앉고, 윈델은 그것이 자신의 심장 박동인 양 고양되어 흥분했다.

그 순간, 다시 윈델의 머리 안에 쿵 하는 충격이 울리고, 뇌리에 한 줄의 문자가 떠올랐다.

─저주받은 나무의 꼭두각시 인형 푸퍼, 그것을 파괴할 힘을 너는 이미 가지고 있도다.

"뭐가 어쨌다는 거야!"

윈델은 머릿속의 문자에게 소리를 지르고는 골렘에게 덤벼들었다. 골렘이 주먹을 묵직하게 내려치고, 윈델은 그 팔뚝을 정면에서 막아 잡았다. 우지끈우지끈, 윈델의 손마디가 비명을 질렀다. 하지만 골렘의 팔은 더 이상 움직이지 못했다.

우드득─

결국 윈델의 주먹이 골렘의 팔뚝 뼈 하나를 꺾었다. 으스러지며 검은색의 액체가 주르륵 흘러나온다.

골렘이 오히려 겁을 집어먹기 시작했다. 윈델은 그 틈을 놓치지 않고 골렘의 가슴팍으로 파고들었다. 머리통 정도는 떼어버려야 조용해질 녀석이다.

하지만 윈델의 활약은 거기까지였다. 갑자기 골렘의 몸 안에서 튀어나온 칼날에 깜짝 놀라 윈델이 몸을 뒤로 빼쳤다.

칼날은 하나뿐이 아니었다. 머리와 목, 양쪽 가슴까지 모두 네 자루의 검날이 골렘의 몸 뒤에서 앞쪽으로 불쑥 솟아났다.

한 남자의 외치는 소리가 쓰레기산에 울려 퍼진 것이 바로 그때였다.

4

"구엔글 성기사단이다! 모두들 손을 멈추라!"

나팔 소리가 울리고, 깃발이 공중에 펄럭였다. 수십 기의 말을 탄 기사들이 오열을 맞추어 축복이 내려다보이는 언덕에 도열했다.

몇몇 기사들이 골렘을 죽이기 위해 빠져나온 것을 제외하고 하나같이 절도있는 움직임이었다.

과연 성기사단이란 말이 절로 나온다. 윈델은 휴우, 하고 한숨을 내쉬었다. 몸을 감쌌던 신비한 힘도 어느샌가 사라져 있고, 날뛰던 통에 삐끗거리는 뼈마디만 쑤셔왔다. 몸을 이리저리 움직이니 그럴 때마다 부러지기라도 한 듯 우드득 소리가 났다.

그때, 성기사 한 명이 검을 뽑아 윈델의 목에 겨누었다.

"움직이지 말라는 말 듣지 못했는가?"

"아, 죄송합니다. 너무 뻐근해서……."

그 성기사가 눈살을 찌푸렸다. 같이 골렘을 처치한 동료 성기사들이 검을 갈무리해 윈델 곁으로 다가왔다. 그러던 중 한 명이 윈델의 이마에 난 무늬를 보며 말했다.

"저게 뭐지? 죄수의 낙인인가?"

"이마에 저런 식으로 글자를 쓰는 건 죄수의 낙인이 맞지. 그런데 어느 나라의 문자지? 처음 보는 글자인데?"

"글자이기는 한가?"

쑥덕쑥덕 수군거리는 말을 듣는 순간 윈델은 어, 하는 생각을 했다. 그러고 보니 그렇게 보일 수도 있을 듯했다

"아, 그게 아닙니다. 이건……. 저는 죄인이 아닙니다."

가장 앞에서 검을 겨누고 있던 성기사는 윈델의 몰골을 위아래로 살폈다. 옷은 지저분하고 등에는 고물을 지고 있다. 여기 쓰레기 마을의 주민이 틀림없었다.

"쓰레기 촌에 숨어드는 놈치고 범죄자 아닌 게 어딨어. 따라와라. 치안대로 너를 넘기겠다."

"아, 아니라니까요. 저는 케임델 왕국 기사단 소속 종자입니다. 윈델 퀴렌스, 이게 제 이름이고요."

기사의 종자라는 말에 성기사들이 고개를 갸웃했다. 윈델을 겨누던 기사는 잠시 주저하다가 버럭 소리를 쳤다.

"그런 거짓말을 지어내다니! 바움 신께서 주신 성기사의 권한으로 일단 네 거짓을 다스리겠다!"

성기사가 허리춤에서 채찍을 꺼내 들었다. 당장이라도 윈델을 두들겨 팰 기세다.

윈델은 두 손을 흔들며 말했다.

"거짓말 아닙니다! 제가 여기 있는 건 좀 사정이 있어서……. 저는 책 원정대에 소속되어 있었습니다!"

책 원정대라는 한마디 외침, 그것은 순식간에 모든 사람들의 이목을 집중시키고 동시에 숨마저 멎게 만들 파괴력을 보였다. 모두의 숙연한 모습에 오히려 윈델이 어색할 지경이었다.

"케임델 왕국의 책 원정대라면 최근 이 근처 가시칼바람 계곡으로 갔다 들었다."

"맞습니다! 거기에 갔었습니다."

"그런데 왜 여기에 있지?

성기사의 추궁에 윈델은 갑자기 할 말이 사라졌다. 왜냐고 묻는다면 할 말은 많지만 어디서 어디까지 말해야 할지…….

무엇보다 '책'을 한번 손에 넣었다는 말을 해야 하는데, 그 말이 쉽게 입 밖에 나오지 않는다.

“그게······.”

“거짓말!”

성기사가 다시 소리친다.

“거짓말 아니라니까요.”

그때, 뒤쪽에 있던 제법 지체 높아 뵈는 성기사가 앞으로 나섰다. 말 위에 앉은 채 그가 윈델에게 말했다.

“케임델 왕국 책 원정대는 벌써 며칠 전에 본국으로 돌아갔다. 책은 파괴자의 손에 들어갔다. 왕국은 이제 파괴자의 체포 및 처형에 총력을 다할 것이다.”

“며칠 전이라고요?”

이 쓰레기산에 떨어진 지 몇 시간밖에 흐르지 않았는데······. 윈델은 새로 접하는 소식 하나하나가 낯설기 그지없었다, 어디 다른 세계에 떨어지기라도 한 듯.

“책에 가장 가까운 곳까지 다가갔던 그분, 희망에 가장 가까웠던 그녀가 선봉을 맡을 것이다. 나도 오늘 아침 들은 이야기이니 거짓말쟁이인 네가 모르는 게 당연하지.”

그 성기사는 경멸의 눈으로 윈델을 바라보았다. 케임델 왕국의 책 원정대. 세계의 영웅들, 감히 그들을 사칭하다니!

“거짓말이 아닙니다! 어떻게 된 건지 모르겠지만······.”

“좋아, 네가 정말 끝까지 그렇게 말한다면 이렇게 하자. 우리 구엔글 기사단과 함께 케임델 왕성으로 가자. 그곳에서 왕국의 기사단들과 너를 만나게 해주마. 거기서도 너는 책 원정대의 일원이라고 자신있게 말할 수 있겠지?"

성기사의 말에 윈델은 꿀 먹은 벙어리가 되었다. 어쩐지 알 것 같았다.

세베리아를 비롯한 기사단의 모두는 아마 자신을 알아보지 못할 것이다. 아니, 알아보지 못하는 정도가 아니라 그 파괴자인가 뭔가로 자신을 지목할 것이다.

아무 말 하지 못하는 그를 보며 성기사들이 비웃었다. 윈델을 추궁하던 성기사는 다시 말을 돌려 대열로 돌아갔다. 짤막히 부하에게 한마디 한다.

"혼내줘라."

처음 윈델에게 칼을 겨누었던 성기사가 채찍을 후려쳤다.

"우리 성기사들은 바움 신의 손과 발이다! 감히 우리에게 거짓을 고하다니! 그 죄를 채찍 300대로 벌하겠다!"

짝― 짝―

윈델의 몸에 채찍세례가 내렸다. 아프지 않았다. 통증 따위 이제는 거의 느껴지지 않았다. 골렘의 그 무시무시한 주먹질에도 둔중한 통증 정도밖에 느끼지 못했는데 고작 인간의 채찍질 따위야.

하지만 윈델은 아팠다. 갑자기 이 세상에서 혼자가 된 느낌이었다.

왜 책을 찾기 위한 지난 몇 년간의 노력에 이런 대접을 받아야 하는 걸까? 정말 책에 가장 가까웠던 자는 자신인데, 책을 직접 만지기까지 했는데, 아니, 심지어는 책을 가지고 있…….

갑자기 허리춤의 책에 생각이 미쳤다. 눈을 돌려 허리의 가방을 쳐다보았다.

지금은 성기사들의 시선이 윈델에게 집중되어 있었다. 윈델이 채찍형을 받는 도중 갑자기 허리의 가방을 쳐다보는 모습에 기사들의 시선도 자연스럽게 그쪽으로 모였다.

말을 타고 있던 성기사가 손을 들어 올렸다. 채찍형을 때리던 남자가 손을 멈춘다. 상관이 그에게 명령을 내렸다.

"저놈의 허리에 맨 가방 안에 뭐가 있는지 살펴보게."

"예, 알겠습니다."

윈델은 정신이 번쩍 들었다. 그 책. 이걸 기사들이 보면 뭐라고 할까? 물론 아무것도 없는 빈 책에 불과하다.

하지만 정말 빈 책일까? 또 다른 사람 손에 들어가면 묘한 조화를 부려 글자로 가득 찬 책이 되어버리는 건 아닐까? 그 책으로 인해 더 큰 곤란에 빠지는 건…….

윈델은 앞으로 닥칠 일에 갑자기 자신감을 잃었다. 지금까지 작은 거짓말조차 않은 진실된 인생살이는 아니었지만 부끄러울 것도 없었다. 하지만 지금은 이 허리에 매인 가방 안조차 남에게 보여주지 못한다.

　몸을 돌려 윈델이 달아나기 시작했다.

　성기사는 그가 갑자기 도망칠 거라고는 생각 못하여 깜짝 놀라 손가락질 하고 외쳤다.

　"도, 도망친다!"

　"멍청하긴! 쫓아!"

　"예, 예!"

　상관의 질책에 그제야 성기사는 윈델을 쫓기 시작했다.

Chapter 02
다들 오해라니까

Unterbaum

운터바움

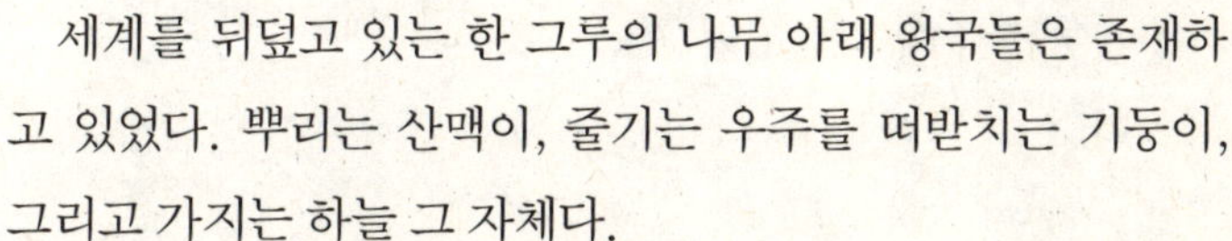

1

    세계를 뒤덮고 있는 한 그루의 나무 아래 왕국들은 존재하고 있었다. 뿌리는 산맥이, 줄기는 우주를 떠받치는 기둥이, 그리고 가지는 하늘 그 자체다.

    세계에서 가장 유명한 사람을 들자면, 아서 W. 크레들을 결코 빼놓을 수 없을 것이다.

    세계의 모습.

    밝은 곳에 살며 어두운 곳의 피조물로부터 위협을 받는 인류가 나무 아래에 있다는 것을 처음 밝혀낸 사람이 바로 크레들 가문의 먼 조상인 아서 크레들이었다.

아서는 지금은 망하고 사라진 트레아 왕국의 귀족이었다. 그 당시 그의 관심은 나라 안보다는 밖에 온통 쏠려 있었고, 사십 세가 되던 해에 붉은 모래 바다 건너로 모험을 떠났다.

그곳에 있는 것은 옷의 올 틈을 비집고 들어올 정도로 고운 모래와 그 모래를 싣고 날카롭게 몰아치는 메마른 바람뿐이었다. 수많은 사람들과 커다란 물통, 메마른 땅을 뛰어다닐 수 있는 가축들……. 재산의 절반을 탕진해 그는 고작 300킬로미터를 나갔을 뿐이다.

돌아보지 않으리라 마음먹고 나온 붉은 모래 바다였지만, 스물닷새가 흐른 그날 바짝 말라붙은 입술을 매만지고 땀이 흐르지도 않는 이마를 닦으며 결국 그는 뒤돌아섰다.

그리고 그는 보았다.

신기루처럼 대지를 뒤덮고 있는 짙은 녹색의 숲을.

그리고 그 숲이 단 하나의 줄기에서 뻗어나간 넓디넓은 가지라는 것을.

십수 개의 크고 작은 나라, 인간을 비롯한 수많은 종족들이 둥지 삼은 빛과 어둠으로 나뉜 세계가 한 그루의 나무 아래 그늘과 그 틈새의 해 드는 곳에 불과했다니!

성곽을 감싸고 있던 숲이 저 거대한 나무의 발치에 쌓인 진토와 같은 흙에서 자라고 있던 것이라니!

험하기 이를 데 없는 마지카타 산맥이 땅 위로 돌출되어 나온 나무뿌리였다니!

그는 금색의 바다를 건너겠다는 처음의 목적은 까맣게 잊었다. 그런 것은 아무래도 좋았다.

그가 본 것을 세상에 알리고 싶다. 세상에 알려야 한다. 오직 그 생각만으로 떠나온 행장을 되돌려 고향 트레아로 향했다.

그의 책은 불티나게 팔려 나갔다. 그가 발견한 것은 오래지 않아 세계의 상식으로 자리 잡았다.

그리고 자신들이 섬기던 신의 이름이 어째서 바움인지 그제야 온전히 이해할 수 있게 되었다. 사람들은 이 세계를 '운터바움—나무 아래'라고 부르기 시작했다.

2

윈델은 벌써 몇 번이나 쓰레기산을 뒹굴었다. 그 탓에 지금은 완전히 거지였다. 옷은 해지고 머리칼은 끈적거렸다.

성기사 넷이 지금 자신의 뒤를 쫓고 있었다. 윈델은 여기저기 삐죽빼죽 솟아 있는 쓰레기산을 돌고 돌며 성기사들을 뿌리치려 했다.

10분이 지나고 20분이 지나도록 기사들은 끈질기게 뒤를 쫓았다. 이미 쓰레기산 구역을 벗어나고 있었다. 더 이상 쓰레기가 산을 이루지 않았다. 나지막한 나무 담을 넘자 평범한 들풀이 자란 초원이 펼쳐져 있었다.

다른 건 몰라도 숨은 차지 않았다. 이상하다는 생각이 들 법도 했지만, 오늘 이미 '일일 놀람 양'을 한참이나 초과했다. 원래 그런가 보다 하는 생각이 들 정도다.

한쪽은 달려도 달려도 지치지 않고, 다른 한쪽은 갑옷 입고 뛰느라 땀으로 범벅이었다. 초원을 넘어 가까운 숲으로 숨어들 무렵, 윈델은 어느샌가 기사들의 기척이 더 이상 들리지 않는 것을 느꼈다.

윈델은 잠시 걸음을 멈추고 주변을 돌아보았다. 어느 나무 다 할 것 없는 여러 종류의 나무가 빽빽이 자란 원시림이었다. 무작정 달렸는데 이런 숨기 딱 좋은 장소라니, 운이 아주 없지만은 않은 모양이다.

가까운 곳에 줄기가 튼튼하고 가지가 잔뜩 꼬여 올라간 나무 하나가 보였다. 이파리도 무성해 저 위에 숨는다면 아래쪽에서는 어지간해서 찾기 어려울 듯 보였다. 원숭이처럼 재빠르게 나무 위로 올라 윈델은 가지가 무성한 곳에 몸을 숨겼다.

오래잖아 가까운 곳에서 성기사들이 수풀을 요란하게 헤집는 소리가 들려왔다. 윈델은 숨을 죽여 나무 위 수풀에 몸을 완전히 감췄다. 아예 가지에 몸을 깔고 벌렁 드러누웠다.

한두 시간쯤 여기서 시간을 죽일 심산이었다.

성기사들은 끈질겼지만 머리가 좋은 편은 아닌 모양이다. 한참 동안 숲 이곳저곳을 뒤지고 다녔지만 결국 아무 소득도 얻지 못하고 발길을 돌리고 말았다. 윈델은 그들이 그러거나 말거나 그냥 나무 위에 팔을 베고 드러누워 있었다.

"뭐가 어떻게 된 건지……."

들릴락 말락 한숨 섞어 한마디를 꺼냈다. 그러다 허리의 가방에 들어 있는 '책'을 꺼내 들었다.

나무줄기에 기대 누운 채 윈델은 책을 뒤적거렸다. 파라락― 책장을 넘겨보았지만 역시나 백지였다.

이 책이 정말 그 소문의 '책'이긴 한 건가? 그렇다는 증거는 현재 아무 데도 없다. 새로 신탁이 내린 것도 아니고.

세베리아가 자신을 모르는 사람처럼 구는 것도 따지고 보면 이 책 때문이다. 이 책, 그저 무슨 저주받은 책, 이런 게 아닐까? 이 책을 손에 넣은 사람은 사랑하는 사람으로부터 미움을 받습니다, 이런 글귀가 적힌.

아니면 백지인 걸 보면 그것일지도 모른다. 여기다 이름을 적으면 상대는 저주받는다. 그 대신 책을 손에 넣으면 하나뿐인 사람으로부터 버림받는다.

"아, 제길!"

세베리아의 마지막 눈빛, 증오가 가득 담긴 그 눈빛이 아직도 선하다. 윈델은 그녀의 그 모습이 떠오를 때마다 가슴 언 저리가 욱신거렸다. 그녀도 그런 표정을 지을 수 있었나 하는 생각이 들 만큼 이질적인 모습에.

다른 사람에게 그런 얼굴을 하는 일이 있는지는 모르겠지만, 적어도 자신에게 그런 표정을 지은 적은 없었다.

'이 책은……'

하지만 윈델은 천천히 고개를 저었다. 왜냐고 묻는다면 대답하기 어려웠다. 설명할 수 없었다. 그저 그렇게 느껴질 뿐이었지만, 분명 자신이 손에 들고 있는 속 빈 책은 그 '책'이 맞다.

찡― 하며 골치가 지끈한다. 처음에는 망치로 뒷머리를 때리는 듯하더니 지금은 그저 욱신거릴 뿐이다. 또 머릿속에 글자 새겨진다.

―엠베르크를 찾아라. 파괴자의 이름을 기억하라.

아까 했던 얘기잖아.

"어디 있는지도 모르는데."

그 말에 머릿속의 문자는 아무것도 답해주지 않았다. 반쪽짜리 지식 같으니라고. 꼭 중요한 정보는 들어 있지 않다.

윈델은 신탁을 떠올려 보았다.

나를 제거할 자, 그를 다스리는 한 권의 책.

찾아 찢으라. 그러지 않는다면 나는 불타리.

'나'는 바움 신이다. 신이 한 말이니까 당연하다. 본 적은 없지만 신탁은 바움 신전 중앙 수정의 방에 문자로서 나타난다고 한다. 다른 신들은 무당을 통해 애매한 신탁을 내린다지만, 바움 신은 결코 그러지 않았다. 누가 들어도 내용을 이해할 수 있도록 신탁은 늘 명료하다.

바움 신은 자신의 죽음을 예언했다, 책을 찾아 찢지 않으면 자신이 불탈 것이라고.

바움 신이 그냥 하늘나라 사는 그런 신이라면 불탄다는 말이 어색할지도 모르겠지만 그분은 이 세계를 감싸고 있는 한 그루의 나무였다. 나무의 종말로 불타는 것만큼 그럴싸한 게 또 어딨을까?

윈델은 책을 머리 위로 들고 이리저리 흔들어보았다.

"이 책이 그렇게 대단한가? 바움님을 불태울 만큼?"

신탁이 내린 걸 보면 위험한 책이긴 한 것 같은데, 사실 윈델은 모르겠다고 생각했다. 지금까지 한 일이라고는 세베리아의 머릿속에서 자신의 기억을 지운 게 다니까.

"아, 찾으면 찢으랬지? 혹시 찢지 않아서 저주 같은 게 내린 건가?"

윈델이 벌떡 일어나 자리에 앉았다. 생각없이 뱉은 말인데 어딘가 그럴듯했다.

윈델은 책을 손에 쥐고 한 페이지를 다른 손에 넣었다. 이 대로 북 잡아 찢으면…….

책장을 잡아당기자 찌직— 소리를 내며 책이 찢어지기 시작했다. 그 순간 윈델은 자신도 모르게 소리를 질렀다.

"뭐, 뭐야! 아! 더럽게 아프네!"

정말 아팠다. 태어나 이렇게 아픈 건 또 처음이다. 왜 갑자기 몸이 아픈 거지, 하는 생각에 윈델은 주위를 살피고 또 몸을 살폈다. 하지만 근처에 누가 있는 것도 아니고 어디 상처가 났다거나 하지도 않았다.

통증이 착각이었나 하는 생각까지 들었다. 윈델은 다시 책을 찢기 시작했다. 그리고 찾아온 격심한 통증.

"아아아아악! 뭐야, 이거!"

윈델은 더 이상 책을 찢을 수가 없었다. 책을 찢는 것과 자신의 통증 사이에 연관이 있는 게 틀림없다. 조금 전에는 골렘의 무지막지한 일격에도 끄떡없더니 겨우 책을 찢는데 이런 통증이 찾아오다니.

'도대체 내 몸에 무슨 일이 일어난 거냐?

윈델은 속으로 이렇게 투덜거리며 책으로 다시 눈을 주었다. 일단 책을 찢는 건 보류다. 따로 무슨 수를 내야 할 듯했다. 여차하면 바움님에게 물어보지, 뭐. 그가 찾으라고 했으니 찢는 방법도 알고 있을 거다.

윈델은 다시 가방에 책을 넣었다. 하지만 산 넘어 또 산이다. 소리를 지르고 난리를 피운 탓에 다시 상황이 원점으로 돌아가고 말았다.

"이곳이 틀림없나?!"

한 성기사의 외침과 더불어 십수 명은 될 듯한 인마가 숲 안에서 웅성거렸다.

"예, 이 근처입니다. 숲 밖으로 나가지 않은 것은 확실합니다. 아까 그 비명 소리가 바로 그자의 것일 겁니다."

"으음, 그가 비명을 지른 걸 보면 새로운 복병이 있을지도 모른다. 이곳은 그림자가 가깝다. 아무쪼록 경거망동하지 마라."

"예!"

성기사들의 말을 들으며 윈델은 나무의 더 높은 곳으로 기어올랐다. 차라리 책을 헌납할까? 그들은 성기사다. 바움 신을 모시는 기사단이다. 그들이 책을 바움 신전에 가져간다면 모든 일이 해결될지도 모른다.

하지만 윈델은 어쩐지 내키지 않았다. 아니, 만약 이 책을 헌납한다면 저 기사단에게 할 것이 아니라 세베리아에게 줄

것이다. 그녀가 자신을 알아보지 못하고 아무 이유 없이 증오하고 있다 해도.

책을 그녀가 손에 넣어 이 세계 기사들의 정점에 선다면 그것이야말로 윈델에게도 행복이었다. 그것이야말로 그녀가 원해 마지않은 것이었으니까. 영웅의 칭호를 얻어…….

"자, 소리쳐라."

그때, 윈델의 귓가에 성기사의 이해할 수 없는 대사가 들렸다.

"그……."

"안 그러면 네가 죽는다. 그는 이단자이다. 바움 신을 믿지 않는, 악마들의 종교에 심취해 있는 이교도이다."

'저건 또 무슨 소리야? 아무래도 내 얘기 같은데. 내가 쉐도우 엘프들을 추종한다고? 아니면 '유토피아'의 일원이라도 된다는 거냐?

윈델은 속으로 이렇게 중얼거리며 빼꼼히 고개를 내밀어 아래를 보았다. 윈델의 눈에 잡힌 건 다름 아닌 요나였다.

성기사들에게 등 떠밀려 그 어린 소녀가 머뭇거리며 주위를 살폈다.

"빨리!"

"윈델 아저씨! 어디야?"

"더 외쳐라!"

"윈— 델—! 빨리 나오지 않으면 나를 잡아간다고 했어! 나는 아무 잘못 없잖아! 아저씨, 살려줘!"

만난 지 몇 분이나 됐다고 저 성기사는 벌써 악당 흉내일까? 윈델은 속으로 이렇게 투덜거렸다.

'어떻게 할까?

잠깐 생각에 잠겼다. 나갈 수는 없었다. 일이 어떻게 돌아가고 있는 건지, 자신에게 무슨 일이 있는지, 그리고 세베리아에게 무슨 일이 벌어졌는지도 모르는 채 이곳에서 잡힐 수는 없었다.

처음 소리치길 머뭇거리던 요나는 어느샌가 고래고래 외쳐 댔다.

어둠 속에서 길을 걸을 때 달려선 안 된다. 그랬다간 어느샌가 자신의 발걸음에 쫓기고 있는 자신을 발견하게 되니까.

같은 이치였다. 요나는 점점 겁이 났다. 정말로 이 성기사들이 자신을 죽이면 어떻게 하지? 윈델은 왜 나오지 않는 걸까? 정말 그가 이교도일까? 그래서 골렘과 맨손으로 싸우는 괴력을 보인 걸까? 나는 정말로 윈델과는 오늘 처음 만났을 뿐인데…….

"아저씨, 살려줘! 제발 나와줘! 어디 숨은 거야? 내가 그냥 죽어도 괜찮아?!"

듣기 괴로웠다. 하지만 윈델은 뛰쳐나가려는 마음을 꾹 찍어 눌렀다.

그때, 한 성기사가 갑자기 소리를 쳤다.

"단장님!"

"뭔가?"

"여, 여기로 와주십시오!"

성가시다는 듯 단장이라 불린 남자가 거칠게 걸음을 옮겼다. 그가 사라지고 나니 요나도 잠시 입을 다물었다. 하지만 아직도 주변에는 성기사가 여남은 명 남아 경계를 서는 중이었다.

윈델은 나무 높은 곳에서 가지들 틈 사이로 계속 망을 보고 있었다.

조금 전 기사가 소리를 지른 곳에서 단장의 목소리가 들려왔다.

"무슨 일인가? 중요한 범죄자를 수색 중인데."

성기사가 단장의 말을 끊으며 말했다.

"토템입니다. 쉐도우 엘프들의, 억새를 엮어 만든."

단장이 대답을 하지 않았다. 나지막한 신음 소리만 들려왔다. 윈델은 소리가 들린 쪽으로 고개를 돌렸지만 아무것도 보이지 않았다.

"여기 아무래도 쉐도우 엘프들의 영역인 것 같습니다."

단장은 고개를 들어 하늘을 보았다. 수풀이 우거져 하늘이 보이지 않았다. 해 든 땅인지 그림자의 땅인지 구분할 도리가 없었다.

분명한 건, 이런 나무숲 안에서 쉐도우 엘프를 상대하려면 구엔글 성기사단이 열 개 단쯤 있어야 했다.

"철수해야겠다."

"예."

단장은 다시 요나가 있는 곳으로 돌아왔다. 나지막한 목소리로 주변의 부하들에게 명령을 내리고는 숲에 쩌렁쩌렁 외치기 시작했다.

"이교도는 들으라! 이 여자아이는 우리가 데려가겠다! 정확히 지금으로부터 이틀 후, 우리는 이 아이를 이교도에게 도움을 준 죄로 고발할 것이다! 이교도에 대하여 우리 교회는 결코 자비롭지 않다는 것을 잘 알 것이다! 이 아이를 살리고 싶다면 구엔글 성당으로 자수하라! 공정한 재판을 약속하겠다!"

윈델은 이를 악물었다. 기사들이 모두 숲을 떠날 때까지도 그는 나무 위에서 주먹을 움켜쥐고 버텼다.

모르는 여자아이다. 만난 지 반나절도 안 됐다. 딱히 도움을 주고받은 사이도 아니다. 괜히 이상한 건달들한테 얻어맞기만 했다.

자꾸 부정적인 생각을 떠올렸다.

비렁뱅이잖아. 어차피 이대로 살아간다 해도 언젠가는 좀 도둑으로 붙잡혀 매를 맞든지 술집여자가 될 거야. 스무 살까지 살아남는 것도 난망할걸. 이런 쓰레기산에서 살아남는다는 게 그리 녹록한 게 아니니까.

비록 성기사들에게 조금 고초를 당하긴 하겠지만, 의외로 자비로운 사제를 만나 좋은 곳에 하녀로 팔려갈 수도 있다. 자신처럼. 그럼 훨씬 살아가기 편하지 않을까. 이런 거지 같은.

내가 어린 시절을 보냈던…….

쓰레기산에서 살아가는 것보다는!

윈델은 욕지기를 뱉었다.

"제기랄!"

나무에서 뛰어내렸다. 기사들은 이미 숲에서 모두 철수한 후였다. 하지만 10여 명의 병력이었다. 어느 방향으로 가는지를 아는 것은 식은 죽 먹기였다.

윈델은 조용히 기사들을 추적하기 시작했다.

3

제멋대로 자란 억새 숲에 몸을 감추고 윈델은 저 멀리 기사단이 쓰레기산 쪽으로 돌아가는 모습을 지켜보았다. 저들의 본 목적은 어디까지나 '축복'의 조사였고, 그 일이 끝날 때까지는 쓰레기산에 머물 것이다.

본대에 돌아간다면 요나를 빼내오는 일이 더더욱 어려울 것이다. 윈델은 일단 죽이 되든 밥이 되든 부딪쳐 봐야겠다고 생각했다.

잘돼서 요나를 구해내면 그걸로 좋고, 붙잡힌다 해도 원하는 방향으로 일이 흘러가지 않을 뿐 큰일이 나지는 않을 것이다.

자신은 잘못한 것이 없으니까.

윈델은 일단 그렇게 마음먹고 나니 훨씬 기분이 편해졌다. 모든 것이 오해에 불과하다. 자신은 정말로 위대한 책 원정대의 일원이었다, 케임델 기사단과 목숨 건 모험을 경험하고 결국 책을 손에 넣은!

그때, 윈델의 눈에 위태위태하게 서 있는 쓰레기더미가 보였다.

애초에 쓰레기를 차곡차곡 쌓을 리 없다. 대충 수레로 실어와 내던져 놓는 게 전부다. 그리고 그 중간 중간 제멋대로 구멍을 뚫고 보물찾기를 하는 게 이곳 쓰레기산의 난민들이다.

대부분 십수 미터씩 쌓여 있는 저 쓰레기산들은 구조적으로 불안정한 편이다. 그리고 그중 특히 저 무더기는 금방에라도 무너질 듯 위태해 보였다. 축복의 영향도 있는 듯했다.

윈델의 머릿속에서 즉흥으로 계획이 떠올랐다.

성기사들은 여느 기사들보다 훨씬 고된 수련을 쌓아왔다. 하지만 한편으로 늘 깨끗한 것, 아름다운 것, 정갈한 것에만 둘러싸여 있다. 지방의 기사들이 돼지다리를 손으로 붙잡고 뜯을 때, 성기사들은 은제 포크와 나이프를 사용해 비프로스트 조각을 접시에 놓고 썰어 먹는다.

그런 그들에게 쓰레기가 파도가 되어 덮친다면?

아! 왜 이럴 때 하필이면 마법이 불발인 거냐. 철의 창으로 저곳을 맞춘다면 쓰레기의 파도가 우수수 기사들을 덮칠 텐데…….

그 순간, 윈델은 자신의 몸에 일어난 변화를 떠올렸다. 마법을 잃은 대신 힘을 손에 넣지 않았는가! 마법의 창이 아니라 진짜 창을 던지면 될 일이다. 정확히 맞출 자신은 없었지만.

주변을 살폈다. 주먹만 한 돌멩이에서 팔뚝만 한 것, 몸통만 한 바위까지 던질 재료는 일단 넘쳐 난다.

먼저 팔뚝만 한 돌덩이를 잡았다. 묵직하다. 골렘을 쓰러뜨렸을 때의 괴력은 아직 솟아나지 않는 모양이다.

자, 이제 힘이 솟아날 차례다. 차례인데…….

'어떻게 하는 거지?

윈델은 돌을 들고 낑낑거리다가 끙! 소리를 치며 내던졌다.

5, 6미터쯤 날았나? 포물선을 그리며 돌덩이가 다시 땅에 떨어졌다.

"이게 아닌데……."

다시 그때의 상황을 떠올려 보았다. 아! 분노인가?

화를 냈다. 딱히 화가 나는 건 아닌데 아무튼 화를 냈다.

윈델은 아까 던졌던 돌덩이를 다시 들어 앞으로 던졌다. 오! 효과가 조금 있나? 2, 3미터쯤 더 멀리 던진 것 같다.

그러는 사이 성기사단은 그 쓰레기산의 절반쯤을 통과해 지나고 있었다. 조금 더 지난다면 윈델의 계획은 물거품이 될 터였다.

윈델은 머릿속의 문자들에게 말을 걸었다.

"어이, 뭐야, 니들? 필요할 때만 힘을 빌려주는 거냐?"

대답이 없다. 그러고 보니 팔에 무슨 글자 같은 것이 떠오르면서 힘이 났던 것 같은데…….

주먹을 꽈아악 쥐었다. 핏대가 불끈불끈 솟는다. 빨갛다 못해 하얘졌다. 하지만 문자는 희미하게 어려 있을 뿐 피부까지 떠오르지 않았다.

윈델은 끙끙거리며 힘주는 일을 포기했다. 이러다가 원치 않는 곳에까지 힘이 들어가 뭔가가 나올 판이다.

이대로 성기사단이 본대와 합류하면 수십 명을 상대해야 했다. 몇십보다는 십 몇이 그래도 상대하기 편하다.

“성기사 아저씨들! 나 여기 있어요!”

윈델이 소리를 빽 질렀다. 원하는 힘은 나오지도 않고, 일단 성기사단이 본대에 합류하는 걸 막고 볼 일이었다.

성기사들이 윈델의 외침을 듣지 못할 리 없었다.

“저기다!”

한 명이 손가락질 치며 외치고, 우르르 말을 달려나오기 시작했다. 윈델은 그들이 달려들자 다시 달아나기 시작했다.

시간을 끌어보자고 무작정 한 행동이다. 그들을 상대할 만한 뾰족한 방법이 없다. 도망칠 뿐이다.

윈델은 그러는 중에도 말 잔등에 묶여 엎드린 요나의 위치를 파악해 두었다. 행렬의 중간쯤 빼빼 마른 기사와 함께였다.

다시 초원을 내달리기 시작했다. 하지만 아까 맨발로 쫓는 기사들을 상대할 때와는 완전히 상황이 달랐다. 이번에는 다들 말을 타고 있었고, 윈델은 자신의 생각보다 훨씬 빠르게 거리를 좁혀오는 성기사들을 보며 마음이 조급해졌다.

‘아, 그냥 숨어 있을걸! 이놈의 오지랖!’

속으로 투덜거리며 윈델은 주변을 살폈다. 숨을 곳이라고는 아까 그 숲밖에는 보이지 않았다.

‘또 거기로 가야 하나?

이번에는 그래도 두 번째라고 시야가 훨씬 넓어졌다. 그 숲은 반은 해 든 곳에, 그리고 절반은 그림자에 속해 있었다.

이런 형태의 숲은 사실상 쉐도우 엘프의 영토라 할 수 있었다. 녹음(綠陰)도 그림자는 그림자니까.

하지만 앞뒤 가릴 처지가 아니었다. 윈델은 죽어라 숲 쪽으로 달려갔다. 신비의 괴력은 나오지 않지만, 그래도 여전히 숨은 차지 않았다.

"막아라! 그가 숲으로 숨지 못하게 하라!"

성기사 중 하나가 외쳤다. 그가 이 소규모 기사단의 단장이었다. 가장 앞쪽을 달리던 성기사가 허리에서 검을 뽑더니 윈델에게 내던졌다. 쒜에— 바람을 가르고 검은 그대로 윈델의 등 한가운데로 날아갔다.

그대로 달리다가는 꼬치가 될 판이라 윈델은 오른쪽 앞으로 몸을 던졌다. 슥— 검이 허벅지 근처 어딘가를 스쳐 지나는 느낌이 났다. 베였는지 어쨌는지도 모르겠다. 오늘이라면 아무 상처도 없을 가능성이 컸지만.

아무튼 아프지도 않은 허벅지 따위를 신경 쓸 정신이 어디 있을까. 윈델은 다시 몸을 일으켜 숲 안으로 뛰어들어 갔다.

성기사들은 숲 앞에서 잠시 멈추었다. 이대로 숲 안으로 난입해 갈 수는 없었다. 말을 내려야 했고, 아까 보았던 쉐도우 엘프들의 토템이 마음에 걸렸다.

기사단장은 기사들에게 하마(下馬)를 지시했다. 그도 아직 마음을 정하지 못한 듯 태세를 정비하라는 명령만을 내렸다.

검을 던졌던 기사가 윈델이 굴렀던 곳에서 검을 주워 들었다. 분명 허벅지에 적중한 것 같은데 어떻게 핏자국 하나 없지?

바로 그때였다.

기사단들이 채 정비를 다 갖추기도 전이다. 윈델이 갑자기 숲 밖으로 뛰쳐나왔다. 두 손을 얼굴 앞으로 가려 수풀이 눈을 때리는 것을 막으며 숲 밖으로 구르듯 뛰어나온 그는 뒤도 보지 않고 달리기 시작했다.

"말, 말에 올라타라!"

기사단장이 외쳤다. 하지만 그 목소리는 윈델의 외침에 뒤덮였다.

"쉐도우 엘프들이다!"

"뭐, 뭐라고!?"

"도망치라고! 쉐도우 엘프야!"

윈델은 소리를 빽 지르고는 숲에서 먼 곳으로 달려나갔다. 그러다 아차 하며 몸을 돌렸다.

성기사들은 지금 윈델의 외침에 당황해 어쩔 줄을 몰라 하고 있었다. 쉐도우 엘프. 가뜩이나 아까 봤던 토템이 찜찜했는데…….

단장이 소리쳤다.

"거짓말일 거다! 당황하지 말고 태세를 정비하라! 말에 오르라! 저자를 추적해……."

단장의 목소리가 갑자기 끊긴다. 그의 목 줄기를 뚫고 나온 예리한 흑요석 화살촉은 피를 담뿍 머금었다.

"쉐, 쉐도우 엘프다!"

성기사들이 소리를 치며 말에 올랐다. 어떤 기사는 너무 당황해 거꾸로 잔등에 오르고, 등자에 발을 걸지 못해 낙마한 기사도 있었다.

윈델은 당황한 기사들 가운데서 요나가 있는 곳으로 달렸다. 오지랖, 오늘 정말 가없이 넓다. 쉐도우 엘프들이 지척에 있는데 생판 남인 여자애를 구하겠다고.

마침 주인 잃은 말도 있겠다. 윈델은 요나를 낚아채 잔등에 올리고는 무작정 남쪽으로 달리기 시작했다. 북쪽은 구엔글 성이고, 동쪽은 쉐도우 엘프의 땅이었다. 갈 수 있는 곳이라고는 남서쪽뿐이다.

혼비백산, 성기사단이 사방으로 흩어진 직후 숲에서 검푸른 피부의 엘프들이 쏟아져 나왔다.

쉐도우 엘프들은 하나같이 몸매가 깡말랐다. 키는 인간들과 크게 차이가 나지 않았는데, 몸무게는 평균 20퍼센트 정도

가벼웠다. 눈이 크고 귀가 길어 한눈에도 다른 종족이라는 것
을 알 수 있었다.

　그들을 악마라고 부르는 것에 결정적인 역할을 한 것은 그
피부색이었다. 그들의 피부는 붉은 색조의 인간들과는 달리
푸른빛이 돌았다.

　사용하는 무기는 활과 창이 대부분으로, 그것까지도 검과
도끼를 쓰는 인간과 달랐다.

　요나를 앞에 앉힌 채 윈델은 달리는 말에 채찍을 가했다.
성기사들에게 잡히는 문제는 '싫고 좋고' 의 문제였다. 하지
만 쉐도우 엘프와는 '죽고 살고' 의 일이었다.

　말도 그런 윈델의 마음을 알았는지 혀를 길게 빼 물고 죽어
라 치달렸다.

　쉐도우 엘프들은 성기사들이 도망치는 것에는 아랑곳하지
않고 윈델을 공격하기 시작했다. 화살이 날고 창이 솟구친다.
마법사까지 나서서 납의 창이니 철의 화살 따위를 쏘아 보내
는 통에 윈델은 정신이 하나도 없을 지경이었다.

　"파괴자를 잡아라!"

　쉐도우 엘프 중 하나가 외쳤다. 윈델은 눈살을 찌푸렸다.
정말 나를 노리고 있는 건가? 책에 대한 이야기가 인간뿐 아
니라 쉐도우 엘프 사이에까지 퍼진 건가?

　뭐가 뭔지 알 수 없었다. 아니, 지금은 알고 싶지도 않았다.

일단은 살아 도망치는 게 먼저였으니까.

다행히도 쉐도우 엘프들은 별다른 탈것을 가지고 있지 않았다. 윈델이 말로 도망칠 거라고는 생각하지 못한 건지, 아니면 원래 탈것을 잘 타지 않는 것인지 모르겠지만.

그 덕에 윈델은 점차 쉐도우 엘프의 추격자들과 거리를 벌릴 수 있었다. 여기는 해 든 곳이다. 더 이상 쉐도우 엘프들은 윈델의 뒤를 쫓지 못했다.

쉬지 않고 한 시간가량을 달렸다. 말도 지치고 요나도 지칠 즈음이 되어서야 윈델은 채찍질을 멈추었다. 말은 그 자리에 우뚝 멈춰 섰다. 더 달리기 싫다는 듯 침을 질질 흘리며 발을 멈추었다.

무작정 달리기만 한 터라 이곳이 어디인지도 알지 못했다. 윈델은 먼저 말에서 내리며 요나에게 손을 내밀었다. 열 살짜리 꼬마 숙녀가 축 늘어지며 윈델의 부축을 받아 땅에 발을 디뎠다.

그들이 도착한 곳은 초원의 끄트머리였다. 짤막한 풀들이 간신히 자라고 있는, 변변한 숲 하나 없는. 붉은 바다가 그리 멀지 않아 곱디고운 모래가 바람을 타고 지면을 엄습해 온다.

윈델은 하늘을 쳐다보았다. 태양이 자색으로 물들었다. 이제 얼마 안 있으면 보라색 노을이 질 것이다.

요나는 가까운 난쟁이나무의 등걸에 등을 기댔다. 난리 통에 신발을 잃어버려 늘어난 양말만이 그녀의 발을 보호해 주고 있었다.

"미안."

윈델은 그녀를 보며 사과의 말을 꺼냈다.

"정말 이교도야?"

"아니."

윈델은 요나의 물음을 단번에 부정했다. 이교도, 바움을 거부하는 자, 그런 대단한 생각은 꿈에도 품어본 적 없다. 바움은 이 세계의 전부다. 바움을 벗어나서 인간은 단 1년도 버티지 못한다.

"그런데 왜 성기사들이 그렇게 말한 거야?"

"글쎄, 무슨 이유가 있어서 그런 걸 수도 있지만 원래 성기사들은 배운 욕이 그거밖에 없거든. 이단이다! 이교도다!"

말투까지 흉내 내 외치는 통에 요나가 핏 웃음을 터뜨렸다.

"골렘과 싸울 정도로 굉장한 사람이라고 놀랐는데, 그렇게 도망이나 다니고, 마법사인 척하더니 건달들한테 몰매나 맞고. 도대체 어떻게 된 사람이야?"

요나의 물음은 윈델이 지금 품고 있는 고민 그대로였다.

"그러니까 말이다. 도대체 내가 어떻게 되어먹은 사람인지 나도 모르겠다."

　요나가 한숨을 내쉰다. 저런 바보 같은 대답이 어디 있을까 하는 표정이엇다.

　"에휴, 알았어. 그래서 이제 어떻게 할 거야?"

　"응? 글쎄……."

　역시나 생각없음.

　"도대체 아는 게 뭐고, 계획이란 게 뭔지는 알아?!"

　요나의 묻는 말에 윈델은 대답해 줄 말이 없었다.

　"아, 몰라, 몰라. 오늘은 너무 지나칠 정도로 놀란 일도 많고 일어난 일도 많아서 더는 생각하기 귀찮다. 하루에 할 일을 100이라고 치면, 2천이나 3천쯤 한 거 같아. 앞으로 한 달쯤 아무 일 안 해도 사람들한테 게으름뱅이란 소리 들을 이유 없음이야."

　"그게 뭐야?"

　요나는 이상하다는 듯 다시 풋 웃음을 터뜨렸다.

　"정말 이상한 아저씨! 그래도 구해주지 않을 줄 알았는데, 그것만큼은 칭찬해 줄게."

　윈델이 어깨를 으쓱한다.

　"내 잘못도 조금 있으니까. 괜히 나 때문에 네가 잘못되기라도 하면 꿈자리가 뒤숭숭하잖아."

　"듣고 보니 그러네. 그럼 은혜 갚기 같은 거 안 해도 되지?"

　"응? 아, 그래. 주고받은 거 없다고 치지, 뭐."

그때, 두 사람의 뱃속에서 동시에 꼬르륵 하는 소리가 울렸다. 요나가 윈델을 쳐다본다. 밥 있느냐는 눈빛으로.

하지만 고개를 먼저 외면한 것은 다름 아닌 요나였다. 있을 리가 있을까 하는 실망의 표정을 지으며.

"있어!"

윈델이 더 이상 실망을 주지 않겠다는 듯 소리를 쳤다. 그리고 가방 안에 들어 있던 건량을 짠 하고 손에 꺼내 들었다.

"와!"

요나가 두 손을 번쩍 들어 만세를 하고, 윈델은 그중 비교적 깨끗한 몇 개를 골라 요나에게 주었다.

잠시 동안의 휴식을 취할 수 있을 것이라 생각했는데,

15초도 지나지 않아 요나가 투덜거렸다.

"물은?"

이번에는 없었다. 또다시 꼬마 아가씨에게 실망을 안겨준 윈델은 자리에서 벌떡 일어났다.

"찾아올게!"

"같이 가."

요나도 엉덩이를 털고 일어났다.

이곳은 바움 신의 가지가 옅게 드리운 곳. 모래의 평원, 붉은 바다가 멀지 않은 지역이었다.

물이 흔하지 않은.

윈델과 요나가 샘물을 발견한 것은 그 뒤로 한 시간 가까이 흐른 후였다.

4

멀리 황토색 벽돌로 만든 우물 같은 것이 보였다. 들풀 드문 초원 지대였고, 그나마 있는 풀은 양이나 염소의 먹이였다. 어린 목동이 막대를 휘두르며 양을 몰고, 양털구름이 느릿느릿 흘러 지나는 우물의 모습에 윈델은 자그맣게 한숨을 내쉬었다.

이제야 정말로 복잡하던 하루가 끝이 나는 기분이었다.

"물을 얻을 수 있을까?"

윈델의 말에 허리띠를 붙잡고 있던 요나가 고개를 갸웃한다.

"물? 얻고 말고 할 만큼 귀한 거야?"

"이쪽 지방에서는 그래."

"헤에, 쓰레기산보다 살기 나쁜 곳도 있긴 하구나."

물이 인간, 아니, 생명에게 얼마나 소중한지 새삼 이야기하면 지면 낭비다. 나무에게 미안한 일이다. 특히 바움 신의 변경, 붉은 모래 바다 가까운 곳일수록 물은 중요했다.

윈델은 요나의 말에 빙긋 웃었다.

바움의 변경과 쓰레기산. 한쪽은 신에게 버림받은 곳이고, 다른 곳은 인간에게 버림받은 땅이었다. 둘 중 어디가 더 살기 나쁠까? 답하기 까다로운 질문이었다.

윈델과 요나가 말을 타고 등장하자 목동들이 경계심 반, 호기심 반짜리 눈빛을 보내왔다. 하지만 태도만큼은 호의적이었다. '미움'의 경험이 부족한 모양이었다.

잠시 후, 우물에서 그리 멀지 않은 곳에 있던 천막에서 수염 허연 노인이 모습을 드러냈다. 케트라는, 불과 수십 명으로 이루어진 부족이었다. 그래서일까, 객을 맞이하는 데에도 부족장이 직접 나섰다.

"어서 오십시오, 형제님, 자매님."

부족장은 두 팔을 벌려 윈델과 요나를 맞이했다. 윈델은 인간 모습을 한 것들에게 환영을 받은 것이 꽤 오랜만인 듯 느껴졌다. 쫓겨 다닌 지 반나절도 지나지 않은 주제에 말이다.

"이곳은 케트라 부족의 땅입니다. 모든 것이 부족한 땅입니다. 비록 대단한 대접은 하지 못하지만 아무쪼록 편히 지내다 가십시오."

윈델은 사실 물 한 모금만 얻어 마시고 떠날 생각이었다. 하지만 그러기에는 너무 지쳐 있었다. 이제 자색의 해가 보라색으로 바뀔 시간이다.

부족장의 정중한 태도에 마음이 놓이기도 했다. 윈델은 부족장의 호의를 받아들이기로 했다.

"감사합니다. 저희는 먼 서쪽에서 이곳까지 여행 온 객들입니다. 이름은 켐과 케로라고 하지요. 도중 곤란을 만나 이런 몰골이 되었습니다. 부디 더럽다 욕하지 않으셨으면 합니다."

윈델은 본명을 감추었다. 심지어는 온 방향까지 거짓으로 이야기했다. 변두리 부족민이라고 해서 왕국과 연관이 없다고 볼 수는 없는 일이었으니까.

"무슨 말씀이십니까! 오랜 여행 끝에 지친 객을 어떻게 더럽다 멸시할 수 있겠습니까? 잠시만 기다리십시오. 제가 바로 새 옷을 준비해 드리겠습니다."

"아니, 그렇게까지 해주실 건……."

"괜찮습니다!"

케트라 부족장은 가족들에게 일러 윈델과 요나가 입을 만한 옷을 가져오도록 했다. 부족장이 다시 말했다.

"저희 부족은 전통적으로 깨끗한 모래를 이용해 목욕을 하고 있습니다. 하지만 문화에 따라서는 그러한 것이 어색할 수 있으니 원치 않으신다면 목욕을 준비하는 것은 그만두도록 하겠습니다."

"목욕은 사양하겠습니다."

"그러시군요. 그럼 저희를 따라오십시오. 손님들의 방을 안내해 드리겠습니다."

부족장 주변으로 어느새 케트라 부족의 부족민 태반이 몰려들었다. 좋은 구경거리라는 듯 흘끗거리는 남녀부터 대놓고 깔깔 웃어대는 어린아이들까지. 요나는 괜스레 부끄럽다는 생각에 윈델의 뒤로 숨었다.

부족장이 안내해 준 천막은 대가족이 누워도 될 만큼 넓은 곳이었다. 하지만 모피나 융단 같은 것이 한쪽에 세워져 있고 잡화도 몇 놓여 실 평수를 깎아먹고 있었다.

"누추한 곳입니다. 부디 책망하지 말고 사용해 주십시오."

부족장이 하는 말에 윈델은 고개를 가로저었다.

"무슨 말씀이십니까! 이름도 모르는 객에게 과분한 대우입니다."

"우리 부족의 오랜 조상께서 말씀하셨습니다. 객을 소홀히 한다면 우물마저 마르리. 전 그저 그 말씀을 잊지 않고 있을 따름입니다."

"덕분에 저희가 이런 은혜를 입게 되었습니다."

부족장은 윈델의 말에 빙그레 웃었다. 겸양할 줄 아는, '교양있는' 손님이라 마음이 놓이는 모양이었다.

날강도 같은 사람을 손님으로 맞는 일도 없다고는 할 수 없었다. 행색이 불량해 보이는 객을 이곳에 재울 때는 부족의 젊은 남자들이 몽둥이를 들고 경계를 서야 했다.

"그럼 편히 쉬십시오. 곧 마실 것과 먹을 것을 가져다 드리겠습니다."

부족장의 인사에 윈델이 고개를 꾸벅 숙였다. 태생이야 곁에 있는 요나와 별다를 것 없는 처지지만, 귀족 아가씨를 모시면서 배운 예의니 범절이 있었다.

부족장이 나가자마자 요나는 바닥에 털썩 주저앉았다. 발가락 사이에 낀 고운 모래를 털어내며 머리를 긁적거린다.

"물이나 빨리 주지."

"가져다준다잖아."

"그런데 왜 이렇게 우리를 붙잡아 두려는 거야? 수상해."

"하하, 부족의 전통이라잖아."

"말도 안 돼. 먹을 것과 마실 것을 막 남에게 준다고? 물이 귀하다고 하지 않았어?"

윈델은 요나를 향해 빙긋 미소를 지었다. 요나가 그런 윈델의 모습에 눈살을 찌푸렸다.

"기분 나쁘게 왜 웃어?"

"응? 아니, 그냥. 아무것도 믿지 못하는 게 내 어렸을 때 모습이랑 꼭 닮아서 그래."

"그게 뭐야. 그리고 내 쪽이 훨씬 예쁠걸?"

"생긴 걸 얘기하는 게 아니라."

말을 하며 윈델은 요나를 새삼 살펴보았다. 거뭇한 것이 잔뜩 묻은 얼굴이나 떡이 진 머리칼, 누런 이까지 예쁘다고 할 만한 구석이 잘 보이지 않는다. 샛별같이 빛나는 눈동자 정도나 조금 볼만한가?

"왜 자꾸 쳐다봐? 아, 혹시 아저씨도 그쪽?"

"응? 어느 쪽?"

그때, 천막 귀퉁이가 말려 올라가며 두 명의 남녀가 모습을 드러냈다. 둘 다 십대 후반쯤으로 보였다. 하나는 물 단지를, 다른 하나는 바구니 두 개를 들고 있었다.

"그리 넉넉지 않은 마을입니다. 대접이 부족하다고 탓하지 말아주십시오."

"아닙니다! 이런 걸 그냥 받는 게 죄송할 따름입니다. 어떻게 갚아드려야 할지……."

"그런 생각 말아주십시오. 손님들께서 기뻐해 주시니 그것으로 보답은 충분합니다."

윈델은 이야기를 하는 도중 요나를 흘끗 보았다. 뭐가 마음에 들지 않는지 입술을 삐죽거린다.

먹을 것과 마실 것, 그리고 갈아입을 옷까지 내려놓고 케트라 부족의 사람들은 자리를 떴다.

"무슨 불만이 그렇게 많아?"

그들이 사라지자마자 윈델이 나지막이 물었다. 요나는 벌

써 단지 안의 물을 1/3이나 들이마신 후였다. 그녀가 고개를
도리질 치며 말했다.

"믿는 아저씨가 더 이상해."

"그런가?"

충분히 이해할 수 있었다. 윈델 그 자신도 저 나이 때는 그
랬으니까.

세상 어느 것도 믿을 수 없었다. 믿으면 빼앗긴다. 먹을 것,
잠잘 곳, 심지어는 목숨까지도.

그녀를 만나기 전까지.

세베리아 아가씨를 만난 그날 이후로 모든 것이 바뀌었다.
어느샌가 칼을 가슴에 품지 않고도 잠을 잘 수 있을 정도로.

"그나저나 정말 아저씨는 그쪽이야?"

아까도 했던 얘기다. 윈델이 고개를 갸웃했다.

"어느 쪽?"

"제로나 할멈이 그랬어요. 여자를 흘끔흘끔 쳐다보는 것들
은 전부 발정난 놈들이라고. 아저씨도 발……."

"잠깐!"

"응?"

"그런 거 아니니까 그만해. 여자아이가 못하는 말이 없네.
빨리 옷 갈아입고 저녁이나 먹자."

"아, 옷 갈아입는 걸 훔쳐보려고? 제로나 할멈이 그것도

발……."

"아니라니까! 저 뒤쪽에서 입어! 안 볼 테니까!"

요나는 윈델이 하도 호들갑을 떠는 탓에 물 단지를 바닥에 내려놓았다.

"그리 좋은 옷도 아닌데 뭘 굳이……."

"네가 입은 것보다는 나아."

요나는 하늘거리는 천 조각을 들고 윈델의 등 뒤로 갔다. 거기 서서 윈델을 쳐다보며 웃옷의 단추를 풀었다.

옷을 갈아입으며 요나는 윈델의 뒤꼭지를 계속 바라보았다.

다시 걸쳐 입은 옷은 바지도 웃옷도 헐렁거려 허리끈을 챙겨 매야 했다. 늘 넝마 같은 것만 입다 보니 조금 불편한 듯 느껴졌다.

"정말 안 돌아보네?"

요나는 자신의 걸레 같은 옷을 내버려 둔 채 다시 아까 앉았던 곳으로 돌아왔다.

"응? 아… 이야기했잖아."

"흐응, 아저씨는 믿어도 괜찮은 사람이라는 거야?"

윈델이 웃는다.

"그런 건 입 밖으로 이야기해 봤자야. 믿고 믿지 않는 건 말이 아니라 행동을 보고 정하는 거니까."

윈델은 말을 하며 바구니에 담겨 있던 밀떡을 반으로 쭉 찢었다. 케트라 부족이 마련해 준 만찬은 부풀지 않은 밀떡 한 장과 서너 컵의 물이 전부였다.

"정말 좋은 마을 같지 않아?"

윈델이 요나의 손에 밀떡 반을 쥐어주며 말했다. 요나가 밀떡을 허겁지겁 입가로 가져가며 말한다.

"어디가?"

"평화롭잖아. 목동들은 양을 치고, 우물물을 길어 마시면서… 오가는 객들에게 음식을 나눠 주기도 하고."

요나는 말을 하는 대신 밀떡을 한입 크게 베어 물었다. 눈가에 어렸던 약간의 기대감이 완벽한 실망으로 뒤바뀌었다. 꾸역꾸역, 꿀꺽이란 의태어를 몸으로 표현하고 물의 도움을 받아 밀떡을 삼킨다.

"맛없어. 쓰레기산에 버려진 음식이 더 낫겠어."

"그야 거기 버려지는 건 그래도 귀족 나리들의 음식이니까."

"여기가 뭐가 좋은 마을이라는 거야? 가난뱅이 냄새 가득한데. 나는 이런 곳에서는 살기 싫어. 어떻게 해서든 도시로 갈 거야. 거기에서 화려한 생활을 할 거라고. 무도회에도 참석하면서."

요나의 눈이 반짝반짝 빛난다. 윈델은 그 모습에 다시 미소를 지었다. 자신도 그런 꿈을 좇아 도시에 갔다. 그리고 그곳에서 만난 것은 도시라는 거대한 괴물. 그것에 만신창이가 되었다.

"뭐든 장단점이 있기 마련이니까."

툭 뱉는 말에 요나는 고개를 강하게 저었다.

"여기에 장점 따위는 없다니까."

"네, 네. 그 말이 맞는 것 같네요."

윈델은 말을 하며 순간 세베리아 아가씨를 떠올렸다. 조금, 아니, 아주 많이 고집스러운 구석이 있는 아가씨를 상대할 때 지녀야 할 태도는 분명했다. 긍정해 주고 수긍해 줘라. 그녀도 자신이 부리고 있는 게 단순한 고집이라는 것을 알고 있으니까.

그것을 익힐 때까지 윈델은 꼬박 2년이 걸렸다. 지금은 세베리아에게 가장 좋은 말벗임을 자신있게 이야기할 수 있었다.

"맛없어."

요나가 또 한 번 투덜거렸다. 윈델도 밀떡을 입안에 넣었다. 근데 정말…….

"맛없네."

"거봐!"

윈델은 요나의 말에 웃을 수밖에 없었다. 귀족들의 생활이 몸에 배긴 한 모양이다.

　태양이 온전히 보라색으로 변했다. 해가 붉은색을 잃고 푸
른 하늘에 완전히 동화되면 밤이 찾아올 것이다.
　윈델의 이 기나긴 하루는…….
　아직도 끝나지 않았다.

Chapter 03
까마귀와 땅쥐가 본 것들

Unterbaum

운터바움

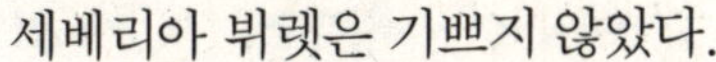

1

세베리아 뷔렛은 기쁘지 않았다.

그녀는 찰랑이는 뜨거운 물에서 몸을 일으켰다. 맑은 물이 순백의 피부를 따라 흘러내렸다. 검술로 다져진 몸, 깊게 파인 근육의 골을 따라 물방울이 발목까지 이어진다.

거울 앞에 섰다. 붉은색 섞인 금발. 그래서일까, 주홍색처럼 보이는 머리칼이 흠뻑 젖어 있다. 봉긋한 가슴, 잘록한 허리. 그녀가 거울을 보며 기분 나빠할 이유라고는 도통 찾아보기 힘들었다.

단 한 곳을 제외하고.

그녀의 왼팔, 그곳에 검은 글자들이 뱀처럼 휘감겨 있다. 문신인 양, 어떻게 보면 멍인 듯도 보이는 얼룩이 왼쪽 팔뚝 대부분을 채우고 있다.

더욱 기분 나쁜 것은 가끔 꿈틀거리며 자리를 바꾼다는 것이다. 정말로 살아 있는 것처럼 보였다. 아무리 검을 휘두르는 기사라지만 그녀도 여자였다. 팔에 이런 것이 생긴 게 기쁠 리 없었다.

세베리아는 수건으로 팔을 가렸다. 욕실을 나오자 기다리고 있던 하녀 하나가 부지런히 그녀의 몸을 닦아주었다. 그들 중 한 하녀가 수건으로 가린 팔을 건드리려 했다.

"건드리지 마!"

세베리아가 날카롭게 외쳤다. 하녀는 깜짝 놀라 뒷걸음질을 쳤다. 아가씨의 기분이 요 며칠 심할 정도로 곤두서 있었기에 하녀는 평소보다 훨씬 정중하게 고개를 조아렸다.

"죄송합니다, 아가씨."

"됐다. 어서 닦기나 해."

"네, 아가씨."

세베리아는 영 기분이 풀리지 않았다. 이럴 때면……

뭐였더라? 뭐가 감정을 풀어줬는데, 그게 뭔지 도무지 생각이 나지 않는다.

단지 팔에 문신이 생긴 것 때문에 이렇게 저기압 상태인 것은 아니었다. 그것도 물론 속상했지만, 책 원정의 결과로 얻은 흉터다. 어떤 의미에서는 영광의 상처기도 했다.

그녀가 정말 기분 나쁜 것은 이렇게 처져 있는데, 분명 이럴 때면 뭔가가 화를 풀어주었던 것 같은데 그게 생각나지 않아서였다. 그리고 그럴 때면 책 원정을 실패하던 순간 자신을 향해 비웃음 흘리던 그 검은 머리카락의 남자가 떠올랐다.

'그놈이 앗아간 거야.'

세베리아는 자꾸 머릿속에서 그런 생각이 들었다.

꿈까지 꾸었다. 그가 자신의 소중한 것, 그게 무언지 보이지조차 않는 그것을 앗아가는 장면을 케임델 왕도에 돌아온 후 몇 번이나 꿈꾸었다.

하녀들의 도움으로 속옷을 걸치고 가운을 입은 세베리아는 옷방을 나와 화장대 콘솔 앞에 앉았다.

"코네리아 언니……."

콘솔 위에는 초상화가 있었다. 손바닥만 한 크기의 초상화에는 세베리아와 같은 색깔의 머리칼을 가진 여인이 미소 짓고 있다. 열일곱 살 때의 모습. 그리고 그녀는 그 후로 나이를 먹지 않았다.

똑똑—

노크 소리에 세베리아가 고개를 돌렸다.

"들어와라."

“네, 아가씨.”

나이 지긋한 노인이 고개를 숙이며 방 안으로 들어왔다.

“위릴, 무슨 일이지?”

“다름이 아니라 아가씨, 왕성에서 마차가 도착했습니다. 오늘 오후 서임식이 있을 예정입니다.”

“아…….”

집사 위릴의 설명에 세베리아는 나지막이 탄성을 냈다. 벌써 오늘인가.

“알았다. 곧 준비를 하겠다.”

“예, 아가씨.”

위릴은 허리를 굽혀 세베리아에게 인사를 하며 물러나다가 흘끗 그녀의 왼손을 보았다. 세베리아는 자신 앞에서까지 왼손을 가리고 있었다. 기저귀를 갈아가며 키운 그녀가.

하긴 세베리아 아가씨가 마음을 열고 있는 사람은 단 한 명뿐이다. 그런데…….

그게 누구더라? 위릴은 고개를 갸웃했다. 기억나지 않았다. 세베리아 아가씨가 늘 함께 다니던 사람이 하나 있었던 것 같은데.

'나이를 먹어서 머리가 착각을 하고 있는 건가?

위릴은 머릿속의 생각을 치우며 왕실에서 온 마부들을 상대하기 위해 뷔렛 저택의 1층으로 걸음을 옮겼다.

왕성으로 이어진 중앙로에 인파가 가득했다. 케임델 왕성에 살고 있는 신민들이 한 명도 빠지지 않고 모인 듯 장관이었다. 그들은 세베리아를 환영하는 인파였다.

기사의 의장복을 입고 뚜껑 없는 마차에 탄 세베리아는 그들의 인사에 손을 들어 화답해 주었다.

세베리아의 퍼레이드를 보던 사람들이 외치기 시작했다.

"책에 가장 가까웠던 자!"

"책에 가장 가까웠던 자!"

책에 가장 가까웠던 자.

세베리아가 영웅으로 추서되고 얻은 별명이다. 하지만 세베리아는 그 별명이 썩 마음에 들지 않았다. 비웃음으로까지 들렸다.

그렇기 때문에 자신이 영웅으로 서임되는 것에 순순히 기뻐하기 힘들었다. 어렸을 때 영웅이 될 것을 꿈꾸고, 그것을 목표로 삼아왔지만…….

'책을 얻은 자'가 아니라 '책에 가장 가까웠던 자'가 뭐란 말인가?

"이건 조롱거리라니까. 안 그래?"

자신도 모르게 곁에 말을 걸었다. 세베리아는 그런 자신의 모습을 보며 흠칫 놀랐다. 그자가 앗아간 거다, 늘 내 곁에 있던 소중한 것을.

그런데 그게 뭐였지? 사람이었나? 물건? 그것조차 기억나지 않다니!

세베리아의 머릿속은 계속 복잡했다.

바로 그때였다.

쿠웅— 쿵!

퍼레이드 행렬이 지나는 길을 따라 나란히 서 있던 2층짜리 집 한 채가 폭격이라도 맞은 듯 무너져 내렸다. 근처에 서서 퍼레이드를 구경하던 사람들이 혼비백산해 달아나고, 일부는 무너진 건물의 잔해에 깔리기까지 했다.

"꺄아아악!"

비명 소리가 울려 퍼졌다. 치안대가 서둘러 사건 중심지로 달려갔다. 퍼레이드도 잠시 중단되었다.

"축복인가?"

몇몇이 수군거렸다. 하늘에서 뭔가가 떨어져 집을 부순 듯 보였다. 하늘에서 뭐가 떨어진다면 그건 축복일 가능성이 높았다.

그들의 이야기에 세베리아는 눈살을 찌푸렸다.

"축복은 무슨. 인간의 목숨을 앗아가는 사고일 뿐이야."

옆 사람에게조차 들리지 않을 만큼 작은 목소리로 중얼거린다.

이 말을 입 밖에 낼 수는 없었다. 축복은 바움 신께서 내리는 것이다. 신성함을 부정한다는 것은 신 그 자체를 부정하는 것과 마찬가지다.

흙먼지 자욱한 거리. 사람들은 혹시 축복인가 하는 생각에 고개를 빼고 그곳을 주시했다. 하지만 호기심은 곧 공포로 바뀌었고, 공포가 군중에 공황으로 퍼졌다.

"고, 골렘이다!"

"강철 인형이다!"

몇몇이 비명을 질렀다. 구경거리를 찾아 모여들었던 사람들은 뒤도 돌아보지 않고 달아났다.

치안대의 병사들이 덜덜 떨리는 창끝을 모아 간신히 두려움과 맞서고 있었다. 하지만 그것도 잠시, 골렘의 일격에 창끝을 잃고 엉덩방아를 찧은 후로는 치안대도 일반 시민이나 매한가지였다.

퍼레이드의 또 다른 주인공이었던 케임델 기사단, 책 원정대들이 분분히 무기를 꺼내 들었다. 저 지긋지긋한 골렘! 아직 상처가 다 낫지 않았지만 한 마리 정도야.

도망치던 신민들이 걸음을 멈추었다.

"용사들이다!"

책 원정대의 위대한 업적을 세운 케임델 기사단이 무기를 뽑아 들었다.

시민들은 더 이상 도망갈 필요가 없었다. 그들은 수많은 골렘을 무찌르고 가시칼바람 계곡의 가장 깊은 곳까지 도달했으니까.

비록 파괴자보다 몇 분 늦어 책을 빼앗겼지만 다시 찾아올 수 있을 것이다. 그들이라면! 그들은 이 시대의 용사들이다!

기사단장의 지휘하에 기사들이 검을 뽑았다.

불행히도 가장 용맹했던 단장은 허벅지까지 다리 한쪽을 잃어버렸다. 이제는 명예만 남았다. 아마도 이번이 마지막 실전이 아닐까 싶다.

사람들이 쑥덕거리는 사이 기사들이 반원을 그리며 골렘에게 접근했다. 마법사들이 뒤쪽에서 원호 공격을 한다. 골렘의 몸에 2미터 가까운 창이 연발로 쏟아졌다.

깡깡깡―

쇠가 부딪치는 소리가 거리에 울렸다. 마법의 위용에 사람들이 소리쳤다. 환호성이었다. 하지만 정작 마법을 쏘아 보낸 책 원정대의 마법사는 얼굴을 일그러뜨렸다.

그가 기사단장의 귓전에 속삭인다.

"이거… 이상합니다."

"뭐가 말인가?"

"가시칼바람의 골렘들은 이미 오랜 세월에 풍화되어 있었

습니다. 우리가 전멸에 가까운 손실을 입으면서도 끝내 승리
할 수 있던 건 골렘이 약화되어 있었기 때문입니다.”

“그런데?”

“이 녀석은 만들어진 지 몇 시간 지나지 않은 것처럼 피부
가 단단하기 이를 데 없습니다. 제 마법에 잔금조차 가지 않
습니다.”

기사단장 게르함스는 마법사의 말에 눈살을 찌푸렸다. 말
이 좋아 용사들이지 지금 게르함스를 비롯한 책 원정대원들
은 하나같이 치명적인 상처를 입고 요양 중인 환자들이었다.
그나마 멀쩡한 게 영웅의 칭호를 얻은 세베리아 정도였다.

게르함스는 고개를 돌려 뒤쪽 마차에 있는 세베리아를 바
라보았다. 그녀는 지금 막 검을 뽑아 들고 골렘에게 달려들려
하고 있었다.

“다들 물러나라고 해야겠네. 다른 기사단에 맡기는 게 나
을 것 같아.”

게르함스의 말에 마법사가 고개를 끄덕였다. 하지만 다른
기사단은 지금 인파에 막혀 골렘에게 접근하지 못하고 있었
다. 구경꾼들이 겹겹이 모여 ‘용사’ 들의 활약을 눈이 빠져라
기다리고 있었다.

골렘의 눈에 붉은 불이 켜졌다. 책 원정대는 그것이 골렘의
분노를 뜻하는 것을 잘 알고 있었다. 가장 앞에서 커다란 방

패를 들고 있던 기사들이 어깨를 나란히 했다.

"조심해라! 골렘의 일격은 공성추만큼 강력하니까!"

"알고 있어!"

방패를 든 기사 중 한 명은 외팔이었다. 이번 원정에서 얻은 영광의 상처였다.

강철의 골렘이 커다란 주먹을 움켜쥐어 내뻗었다. 주먹이 방패 중간에 떨어지고, 방패 위쪽이 움푹 우그러들었다. 방패를 곧추세우고 버티던 기사들이 뒤로 주르륵 밀려났다.

그 틈을 타 쇠도리깨를 든 기사가 골렘의 팔을 후려쳤다. 하지만 쇳소리만 날 뿐 골렘의 팔에는 별다른 상처가 나지 않았다.

기사단장과 마법사가 당황한 것 이상으로 앞에서 싸우던 기사들도 골렘의 힘에 주눅이 들고 있었다. 용사니 뭐니 하는 소리를 듣고 있지만.

기사 하나가 방패째 골렘의 공격에 나가떨어졌다. 데굴데굴 몇 바퀴나 바닥을 굴러 그대로 기절한다.

구경꾼들이 술렁거렸다. 용사가 저렇게 꼴사납게 나가떨어질 줄이야.

하지만 아직 실망하지 않았다. 다섯 명이나 되는 용사가 용감하게 골렘과 맞서 싸우고 있었으니까.

2

“에게, 저게 용사야?”

열다섯 살 먹은 소녀가 첨탑 지붕 위 풍향계를 붙잡고 핑그르르 돈다. 그 바로 앞에는 그녀와 똑같은 모습을 한 소녀가 무릎을 껴안고 지붕 위에 앉아 있었다. 그녀가 어두운 얼굴로 중얼거렸다.

“책에 가장 가까운 곳까지 갔던 용사들, 그리고 파괴자와 검을 겨누었던 영웅 세베리아 뷔렛. 땅쥐가 보았던 것을 나도 보았어.”

말을 하며 소녀가 한쪽 눈을 손으로 가렸다. 짙은 푸른색의 오른쪽 눈동자와는 달리 왼쪽 눈동자는 보이지 않는 듯 거의 회색을 띠고 있었다.

다른 소녀는 오른쪽 눈동자가 회색이었다. 그녀도 손으로 잿빛 눈동자를 가렸다.

“나도 까마귀가 보았던 것을 보았어.”

쌍둥이 소녀는 손을 눈썹에 얹으며 아래 광경을 살폈다.

두 소녀의 머리칼은 엷은 하늘색이었다. 한 명은 그 머리칼을 하늘 위로 땋아 올렸고, 다른 하나는 땅으로 자연스럽게 흘려 내렸다.

그 머리칼의 모습만큼 성격도 다른 듯했다. 땋은 머리는 한

시도 가만히 있지 못하고 지붕 위에서 빙글 돌며 춤을 추었
고, 긴 머리칼은 무릎에 기대어 미동조차 하지 않았다.

땋은 머리가 말했다.

"라티스님의 강철 인형이 너무 강한 건지도 몰라."

"강철 인형이 너무 강한 건지도 몰라."

"따라 하지 마!"

"따라 한 거 아니야."

내린 머리칼의 소녀는 머리를 푹 숙이더니 어깨를 움찔움
찔 거렸다. 땋은 머리 소녀가 깜짝 놀라 그녀의 머리칼을 토
닥였다.

"미안, 미안. 화낸 거 아니야. 그러니까 울지 마."

"으, 응. 울지 않아. 디아는 울지 않아."

"리아가 토닥토닥 해줄게. 울지 마."

땋은 머리가 리아, 머리를 길게 내린 쪽의 이름이 디아인
모양이었다.

"그런데 라티스님은 왜 값비싼 강철 인형을 이런 데에 사
용한 거지? 라티스님도 이미 영웅의 이름을 갖고 계시잖아.
다른 영웅 따위에 왜 관심을 가지시는 거야?"

"훌쩍! 나도 몰라. 우리는, 훌쩍, 라티스님의 말에 따르면
돼."

"그야 그렇지만 궁금하잖아. 게다가 강철 인형을 쓸 필요

도 없었어. 저것 봐. 용사와 영웅은 꼭두각시에 불과해. 책 원
정이 실패하고 나서 창피해진 케임델 왕국이 영웅과 용사의
칭호를 남발해 무마하려 한 거야. 정말 책을 발견하기나 한
걸까?”

“책……．”

“만약 누군가 책을 찾는다면 그건 절대로 라티스님이야.”

“그건 나도 그렇다고 생각해.”

두 소녀, 리아와 디아는 더 이상 아래 장면에 흥미를 느낄
수 없었다. 강철 인형이 날뛴다. 하지만 성안 누구도 그것을
제압하지 못했다.

“유그리디아는 일대일로도 싸울 수 있는데.”

리아가 말했다. 디아가 고개를 끄덕였다.

“응, 유그리디아의 검술은 일품. 하지만 유그리디아도 일
대일로 골렘을 이기지는 못해.”

“라티스님은 골렘을 제압할 수 있으셔.”

“응, 맞아. 라티스님은 홀로 검으로 저것을 죽일 수 있으시
지.”

“영웅은 엉터리.”

“영웅은 엉터리!”

두 소녀가 입을 모은다. 하지만 그 다음 순간, 그녀들이 입
을 다물었다.

"으아아아아!"

세베리아의 왼손에 들린 것은 놋쇠를 부어 만든 가로등이
었다.

저 덩치 큰 골렘을 상대로 의장용 레이피어 따위는 그야말
로 장식품에 불과했다. 적당한 둔기를 찾던 세베리아의 눈에
황동색으로 빛나는 가로등이 보였다.

그녀에게 원래부터 괴력이 있었던 것은 아니다.

그녀의 왼손이 속삭였다, 해낼 수 있다고. 땅에 고정된 가
로등을 뽑아 들어 골렘에게 휘두를 수 있다고. 그것을 무기처
럼 자유자재로 쓸 수 있다고!

깊이 생각할 틈 따위는 없었다. 벌써 세 명의 동료가 골렘
의 공격에 쓰러졌다. 죽었는지 살았는지 바닥에 나자빠져 미
동도 하지 않았다.

세베리아는 놋쇠 가로등의 밑동을 움켜쥐었다.

왼팔의 문자들이 요동을 친다. 부끄러워 두꺼운 가죽장갑
으로 칭칭 감싸 감춘 그 팔이 기적 같은 신력을 발휘한다.

우지끈— 밑동 일부가 부서지며 손 모양으로 우그러들었
다. 힘을 주어 당기자 그대로 뽑혀 나온다.

세베리아는 그것을 휘둘러 그대로 골렘의 머리통에 일격
을 가했다. 쾅— 소리가 나며 골렘의 몸이 기울어졌다. 균형

을 잃고 한쪽 무릎을 땅에 붙였다.

세베리아는 휘두르는 힘을 이용해 공중에서 가로등을 반전시켰다. 왼팔의 힘만으로 가로등은 검처럼 기교를 부렸다.

쿠앙—

가로등이 골렘의 머리를 내려쳤다. 골렘의 머리와 부딪친 가로등의 중간이 휘어져 부러졌다. 세베리아는 주저 않고 다른 가로등을 땅에서 뽑아냈다.

사람들이 뒷걸음질을 친다. 세베리아가 뽑아낸 3미터가량의 몽둥이(?)의 사정거리에서 벗어나기 위해서였다.

골렘은 붉은 눈으로 세베리아를 노려보고 있었다. 머리에서 흘러나온 검은색의 피가 바닥에 똑똑 원을 그렸다.

세베리아가 차가운 눈으로 골렘을 응시했다. 그녀의 눈은 차갑다 못해 오연했다. 이런 힘이 어디서 온 것일까? 아직 정체불명의 힘이었지만 세베리아는 그 힘이 반가웠다.

'이 힘이 있다면……'

그 파괴자를 정말 잡을 수 있을 것 같았다. 영웅이라는 이름이 더 이상 무겁게 느껴지지 않을 것 같았다.

정말 책을 이 손으로 움켜쥘 수 있을 것만 같았다.

그녀의 마지막 일격에 골렘의 붉은 눈동자는 영영 빛을 잃어버리고 말았다.

“말도 안 돼!”
“말도 안 돼!”
리아와 디아가 빼액 소리를 질렀다.
“강철 인형을 죽였어!”
“저건 거짓말이야. 저런 힘을 가진 인간은 없어.”
리아의 호들갑스러운 외침과 디아의 나지막한 뇌까림이 교차되었다.
“라티스님도 저런 힘은 없어.”
“그건… 슬프지만 사실이야.”
“돌아가야 해.”
“돌아가서 말씀드려야 해.”
“우리가 눈에 담은 것을 모두 라티스님께…….”
“라티스님께 말씀드려야 해.”
두 소녀, 리아와 디아가 마주 본다. 서로의 손을 깍지 끼우며 서로의 입술을 살짝 맞춘다. 그리고 뺨을 붙이고 귓가에 속삭였다.
“라티스님에게로.”
“라티스님에게로.”
그 순간, 그녀들의 주변에 돌풍이 회오리쳤다. 바람은 회색빛으로 주변을 물들였고, 점차 거세지더니 다시 잠잠해졌다.
회색의 바람이 높은 하늘을 스쳐 어디론가 사라질 무렵, 첨탑 옥상에는 더 이상 쌍둥이의 모습이 보이지 않았다.

세베리아는 우그러지고 망가진 가로등을 바닥에 내던졌다. 둔탁한 금속음이 먼 곳까지 울려 퍼졌다. 골렘은 깨어지고 망가져 머리를 땅에 처박고 있었다. 수십 명의 경비대원, 기사 어느 누구도 어쩔 수 없었던 저 무지막지한 괴물이 고작 한 명의 여자에게 무릎을 꿇은 것이다!

아니, 고작 한 명의 여자가 아니었다.

그녀는, 그녀야말로 케임델의 자랑! 50년 만에 탄생한 영웅!

책과 가장 가까운 곳에 도달했던 자!

세베리아 뷔렛이었다!

정적이 환호성으로 바뀌고, 사람들은 세베리아의 이름을 외쳐 불렀다.

이곳에 있는 사람들 중 일부는 억지로 끌려 왔다. 새로운 영웅들을 칭송하라는 명령에 따라. 하지만 지금 이 순간만큼은 어느 누구도 진심이 아닌 사람이 없었다.

그녀라면 정말로 신탁을 완수할 수 있을 것이다. 파괴자를 붙잡고 그의 손에서 책을 빼앗아 올 수 있을 것이다.

더 나아가 그림자 땅에 살고 있는 악마들을 무찌르고 바움의 아래 인간들의 천년왕국을 세울 수 있을 것이다.

얄미운 이웃 나라 프라우밀과의 오랜 신경전에서도 더 이
상 겁먹을 것 없다. 프라우밀의 영웅 라티스에게 더 이상 기
죽을 일 없다.

스물다섯 살 나이에 쉐도우 엘프의 성 하나를 완전히 불태
운 그자의 무용담을 뛰어넘을 오늘의 전투를 눈으로 직접 보
았으니까!

사람들의 열기가 쉽사리 가라앉지 않았다. 새로운 영웅의
탄생에 케임델 왕성은 흥분의 도가니였다. 저 멀리 왕성 앞에
세운 대 위에 있던 국왕까지 자리에서 벌떡 일어나 새로운 영
웅의 탄생을 축복했다.

금색 태양이 하늘 높은 곳에서 찬란히 빛나고 있었고, 그
빛은 세베리아를 한껏 비추었다.

3

세베리아가 왕국에서 영웅의 칭호를 받은 이날 밤.

윈델은 목마름에 잠에서 깼다. 옆을 보니 요나가 배를 까고
대자로 누워 잠들어 있다. 이불을 끌어당겨 덮어주고, 윈델은
머리맡에 있는 물 단지에 손을 가져갔다.

"비었나."

요나를 흘끗 보았다. 아까 엄청 퍼마시더니 결국 바닥까지 닥닥 긁어 마신 모양이다. 괜스레 얄미워 이마를 툭 때렸다.

"오줌이나 싸라."

"아웅. 뭐야."

잠꼬대를 하는 요나를 내버려 두고 윈델은 얼른 자리에서 일어났다. 염치불구하고 물을 좀 얻어야겠다.

천막을 들추고 윈델은 밖으로 나갔다. 바움 신의 가호가 없어서일까? 변두리 초원의 밤은 케임델 왕성 근처보다 훨씬 쌀쌀했다.

팔을 슬슬 비비고, 윈델은 우물이 있는 쪽으로 눈을 돌렸다. 파수꾼 하나가 긴 몽둥이에 기대어 꾸벅꾸벅 졸고 있었다.

윈델은 깊게 숨을 들이쉬었다. 갈증이 점점 심해져서였다. 하늘로 눈을 돌리니 달이 보였다.

달은 한 시간마다 한 칸씩 하늘을 이동한다. 남쪽 세 번째 칸에 있는 것을 보니 이제 밤 11시였다. 고작 한 시간 잔 모양이다.

달 주변에는 별들이 촘촘했다. 바움의 변경이라설까? 밤하늘이 다른 곳보다 훨씬 선명했다. 나뭇가지가 성글게 있어서일 거다.

조용했다. 요즈음 원정으로 심신이 지쳐 있었다. 오래간만의 평온한 밤이다. 그것만으로도 피로가 어느 정도 가시는 기분이었다. 하지만 그런 기분도 잠시.

"…확실합니다."

"역시 그런가?"

소곤소곤 천막으로부터 말소리가 새어 나왔다. 요나와 함께 있던 천막 바로 뒤쪽에 있는 커다란 천막으로부터.

"예, 분명 이마에 있는 것은 죄인의 낙인입니다. 읽을 수 없는 글씨였지만……."

"흠."

"아직도 지원군은 오지 않은 것입니까?"

"조금만 더 있어보게나. 그보다 그가 깨어날 가능성은 없는 건가?"

"예, 밀떡에 강력한 수면제를 넣어두었습니다. 지금쯤이면 완전히 곯아떨어졌을 겁니다."

"그래, 알겠다. 아무튼 간이 큰 도둑놈이다. 성기사의 말을 훔쳐 타고 돌아다니다니."

이야기를 더 들을 필요도 없었다. 윈델은 그들이 자신의 이야기를 하고 있는 것을 알았다. 등줄기가 쐐해지고 소름이 돋았다.

이런 느낌, 정말 오랜만이다. 아까의 난리통에서 몇 시간 지나지도 않았는데 또다시 뒤통수를 맞았다.

윈델은 잠자리로 돌아와 요나를 흔들었다. 다른 손으로는 가방을 들어 다시 허리춤에 맸다.

"요나, 요나!"

"아음, 어디를 만지려고……."

"일어나!"

자신도 모르게 조금 목소리를 높였다. 입을 다물고 귀를 기울여 보았지만 다행히 밖에는 인기척이 없었다.

요나는 여전히 꿈속을 헤매고 있다. 윈델은 요나를 어깨에 들쳐 올렸다. 깨기를 기다렸다가는 늦을 듯하다.

말을 가지고 갈까. 하지만 윈델은 곧바로 생각을 고쳐먹었다. 이 밤에 어디에 묶어놨는지도 모르는 말을 찾아 헤맬 시간이 어디 있을까?

다시 막사 밖으로 나오는 순간, 윈델의 앞에 사람이 한 명 서 있었다. 아마도 순찰을 도는 부족의 젊은이일 것이다.

윈델은 주저없이 몸을 날려 그의 명치에 주먹을 꽂아 넣었다. 마법을 잃은 대신 힘이 제법 세졌다. 순박한 변방 청년 하나 잠재우기는 이걸로 충분했다.

요나를 어깨에 메고 윈델은 조심조심 막사 밖으로 향했다. 그림자를 따라 몸을 옮기면서도 영 기분이 좋지 않았다.

도대체 뭘 잘못했다는 건지. 이마의 낙서도 문제지만, 사람들도 이해할 수 없었다. 설명을 들으려고도 하지 않고 치안대에 신고부터 하는 건가?

그럴 거면 아예 배척을 하던가.

앞에서는 생글생글 손님 대접이라도 하듯 해놓고.

괘씸했지만 윈델은 그저 분을 안으로 삭였다. 치안대에 신고했다는 이유로 천막에 불을 싸지르자니 그건 너무 악독하다.

"참자, 참아. 앞으로는 머리띠라도 하고 다녀야겠다."

중얼거리고 나니 좋은 생각 같았다. 하지만 그건 일단 나중. 지금은 이곳에서 벗어나는 게 우선이었다.

부족의 막사가 저 멀리 보일 때까지 윈델은 조심스러운 발걸음을 옮겼다. 수풀조차 부족한 초원 지대였고, 몸을 감추는 게 결코 쉽지 않았다. 그것도 어리다고는 해도 여자아이까지 들쳐 멨으니.

하지만 윈델은 생각보다 몸이 피곤하지 않은 듯 느껴졌다. 갈증은 여전했지만.

나지막한 언덕을 하나 넘고 나서야 윈델은 허리를 곧추 펼 수 있었다. 여기라면 쉽사리 찾지 못할 것이다. 그런 생각이 들자 털썩 자리에 주저앉았다.

"휴우."

갈증. 정말 목이 타들어가는 것 같았다. 정상이 아니었다.

그러고 보니 아까 부족의 누군가가 음식에 수면제를 탔다고 했는데 그것 때문일까?

윈델이 주변을 살폈다. 하지만 물 같은 것은 보이지 않았다. 게다가 자꾸 이상한 생각이 들었다. 갈증은 났다. 하지만 몸이 원하는 것은 단순한 물이 아니었다.

액체.

액체지만 향이 있는 것. 음식물이 될 만한 것. 맛.

비린 맛.

흠칫 윈델이 놀라 자리에서 일어났다. 왜, 왜 지금 머릿속에서 피가 떠오른 걸까? 왜 피의 비릿한 맛이 지금 입안에 잔뜩 맴돌고 있는 거냐고!

"아니겠지."

배도 조금 고팠다. 그것 때문일 거다. 피가 아니라 피가 살짝 배어 나오는 스테이크 이런 게 먹고 싶은 거다.

그러고 보니 또 그렇게 생각되는 듯도 했다. 육즙이 뚝뚝 흐르는 소고기를 한입 가득 넣고 씹는 기분이라니!

"목마르고 배고프고, 아! 죽겠구만, 정말로."

윈델은 다시 요나를 흔들어보았다. 꿈속 몽마에게 잡혀가기라도 한 건지 요나는 영 깨어날 생각을 않았다.

윈델은 요나를 등에 업었다. 일단은 물이 있을 것 같은 곳으로 가야겠다.

얼마나 걸었을까?

달이 어느새 북쪽으로 넘어가고 있었다. 남쪽의 다섯 칸을 지나 북쪽의 첫 번째 칸에 들어선 것이다. 새벽 2시에서 3시 사이다.

낮과는 달리 밤에는 그림자가 시간에 따라 조금씩 자리를 옮겨갔다. 그래서 이런 속담도 있다.

—밤에 도둑이 많은 것은 마음의 그림자가 움직이기 때문이라네.

윈델은 지금 그림자를 등지고 있었다. 북쪽으로 방향을 잡은 것이다.

아직 바움 아래 깊은 곳까지 갈 생각은 없었다. 이 근처는 구엔글 성의 영토였다. 지금쯤이면 치안대에까지 수배가 내려지지 않았을까? 지금 필요한 것은 그저 물 한 모금뿐이었다.

이왕이면 비릿한.

이 생각에 윈델은 다시 고개를 흔들었다.

"무슨 흡혈귀라도 된 것 같잖아."

"뭐가 흡혈귀야?"

등 뒤에서 요나가 답한다. 드디어 깬 모양이다.

"어… 여기는 어디예요? 천막에서 잠들었던 것 같은

데……."

요나가 하늘을 본다. 별이 총총, 달이 휘영청. 달의 위치를 보니 한밤중이다.

"한밤인데 왜 여기 있어? 도망이라도 치는 것처럼."

"도망치는 거 맞아."

"어, 왜?"

요나의 물음에 윈델은 답하지 않았다. 저녁 무렵 했던 대화가 떠오른 것이다. 요나도 같은 것을 생각해 냈다.

"히히, 거봐요. 사람 같은 거 믿으면 안 된다니까요. 믿으면 등 뒤에서 칼을 맞을 뿐이에요."

"시끄러."

"내 말 맞지? 아무 이유 없이 친절을 베푸는 건 내 등골을 빼먹겠다는 선전포고 같은 거야."

할 말 없다. 윈델은 에휴, 하고 한숨을 쉬었다.

"내 이마의 낙인 때문이야."

"응? 아, 그 그림? 왜 그것 때문에……. 죄인의 낙인이 아니라며?"

"물론이지. 나는 죄를 지은 적이 없으니까. 하지만 다른 사람들이 볼 때는 수상해 보이는 모양이야. 게다가 우리가 경솔했어. 성기사의 말을 타고 마을로 들어갔으니."

"아! 그건 그렇겠다."

요나는 윈델의 어깨에 턱을 슬쩍 기댔다. 이렇게 이 아저씨의 등에 업혀 가는 것, 괜찮았다.

윈델은 지금 다른 생각을 하고 있었다. 하루 정도는 편하게 쉬고 나서 다음을 생각하려 했는데 그것조차도 여의치 않다. 일단은 자신에 대한 누명을 푸는 것이 먼저였다.

"케임델 왕국으로 돌아가야 할까?"

"응?"

"아, 혼잣말이야. 그보다 이제 걸을 수 있겠어?"

"응? 음… 아니."

"어디가 불편한 거야?"

"응."

윈델은 요나의 거짓말을 그냥 한 귀로 넘겨들었다. 이렇게 있으니 세베리아 아가씨와 있는 듯 느껴졌다.

그녀는 절도있고 기품있는 귀족이다. 하지만 자신과 단둘이 있을 때에는 말도 안 되는 억지로 점철된 떼쟁이에다가 뻔히 보이는 거짓말쟁이였다.

세베리아를 떠올릴 때면 자신도 모르게 미소가 번진다. 요나가 윈델의 웃는 얼굴을 보며 되물었다.

"뭐가 웃겨?"

"아, 아니야."

"아무튼 나는 힘들어서 못 걷겠어. 아무리 내리라 그래도 여기에 매달려 있을 거야. 아저씨는 남자잖아. 어른이고.”

“알았어.”

“응?”

“그대로 업혀 가도 괜찮아. 이렇게 밤에 도망을 쳐야 하는 것도 따지고 보면 내가 부주의해서니까.”

“아! 듣고 보니까 그러네. 내 말을 듣고 물만 마시고 그냥 떠났으면 밤에 잠은 편하게 잤을 거 아냐. 아저씨 잘못 때문이니까 고마워하지 않을 거야.”

“알았어요, 알았어.”

윈델은 요나를 업고 동틀 무렵까지 초원을 걸었다. 그리고 이른 아침, 천공의 태양이 불그스름하게 다시 빛나기 시작할 무렵 숲이 보이는 곳에 도착했다.

등 뒤의 요나가 새근새근 숨소리를 내며 잠들어 있다. 윈델은 그녀를 업은 채로 숲 안으로 걸음을 옮겼다. 숲이 있을 정도니 이 주변의 땅에는 물이 충분하다는 이야기다. 샘을 찾을 수 있을 것 같았다.

갈증이 목젖까지 마르게 만들고 있다. 어떻게든 벗어나고 싶었다.

물소리가 들린다. 윈델이 수풀을 헤치고 들어간 곳에는 둘레가 수십 미터쯤 되는 작은 연못 하나가 비취빛으로 빛나고 있었다.

요나는 더 생각할 것도 없이 연못에 뛰어들었다.

이렇게 맑은 물은 쓰레기산에서도 드물었다. 아니, 없다. 물이 저렇게 보석처럼 반짝거리다니.

연못 바닥은 고운 모래로 이루어져 있었다. 조약돌이 조금 섞여 있었지만 발을 디딜 때의 느낌이 비단결같이 고왔다. 요나는 머리까지 물속 깊숙이 담갔다.

윈델도 다른 것은 모두 잊고 연못에 입을 가져갔다. 한 모금 한 모금이 오장육부에 스미는 것이 느껴질 정도다. 마른 땅이 물을 흡수하듯 윈델은 연못물을 벌컥벌컥 들이켰다.

요나가 윈델에게 물을 뿌린다.

"체하겠다!"

윈델은 괜찮다는 듯 손을 휘휘 흔들었다. 태어나서 이렇게까지 목이 마른 적도 없다. 배가 물로 꽉 찰 쯤에야 윈델은 연못에서 입을 뗐다.

"후아, 목말라 죽는 줄 알았네!"

한숨 돌린 윈델은 몸을 들어 푸, 하고 숨을 들이쉬었다. 그리고 고개를 들어보니 물 안에 요나는 어디 가고 어여쁜 요정 같은 아이가 물장구를 치고 있었다.

윈델은 고개를 갸웃했다. 이제는 눈도 잘 안 보이나 싶어 눈두덩을 비볐다. 하지만 그 소녀는 여전히 그곳에서 자신을 보고 웃고 있었다.

엷은 녹색의 머리칼은 엉치까지 내려오고, 입 꼬리가 고양이처럼 말려 올라갔다. 맑디맑은 눈동자만큼은 낯익었다.

"뭘 그렇게 보는 거야?"

소녀가 윈델에게 핀잔을 준다. 윈델은 아, 하고 탄성을 냈다. 목소리나 말투를 들어보니 요나가 맞았다.

"아, 그게 조금 놀라서……."

"뭐가? 아, 얼굴 말이야? 그야 그곳에서는 진흙을 묻히고 있었으니까."

요나가 얼굴을 뽀드득 소리가 나도록 씻는다. 얼굴을 새까맣게 덮고 있던 때나 흙 따위가 모두 벗겨진 그녀는 완전히 딴판이었다.

"제로나 할멈이 그랬어, 너는 얼굴을 잘못 가지고 태어났다고. 농사꾼이라도 좋으니 부모만 있었어도 좋은 곳에 시집 갔을 텐데 하필이면 쓰레기산에 버려졌다고."

요나는 이야기를 하다가 다시 물에 푹 몸을 담갔다.

"쓰레기산에는 발정난 놈들이 많아서 맨얼굴로 돌아다니면 봉변을 당할 테니 꼭 진흙을 묻히고 다니라고."

윈델이 고개를 끄덕끄덕한다. 그 말에는 동감, 또 동감이었다.

"맨얼굴을 보니까 윈델도 발……."

"그만! 여자아이가 할 말이 아니라고 그랬지!"

"푸훗, 평생 써온 말이야. 이제 와서 그러지 말라고 해도 이미 버릇이 되어버린걸."

"평생이라 봤자 겨우 10년이잖아? 앞으로 그 몇 배나 살아 갈 텐데……."

윈델은 어정쩡하게 앉아 있던 몸을 고쳐 똑바로 바닥에 앉았다. 그리고 요나에게 하던 말을 계속했다.

"나도 변했으니까 너도 변할 수 있어."

"아저씨도 변해?"

"응. 나도 쓰레기산 출신이야. 이곳은 아니지만."

"아!"

요나가 탄성을 질렀다. 기사의 종자—준 귀족인 윈델이 쓰레기산에서 태어났다니 믿기지 않았다.

"나도 어렸을 때는 너 못지않았어. 일곱 살 때는 사람도 죽였는걸. 내 쓰레기를 훔쳐 가려는 노인을……."

윈델은 말을 하다가 두 손을 모으고 고개를 푹 숙였다.

"바움님, 제 죄를 용서해 주십시오."

떠올리자니 그 노인이 불쌍하다는 생각이 들었다. 그때는 선악 구분조차 하지 못했던 나이다. 짐승과 같았던 그 삶에서 사람이 죽고 또 사는 것은 그날그날의 운이 좋고 나쁜 정도에 불과했다.

후회는 하지 않았지만, 그 노인이 가엾다는 생각은 늘 하고 있다.

"대단했구나."

"그야 그전에 누구냐? 바이심?"

"반이시!"

"그래, 그런 놈이랑 비슷했을걸. 열 살이던가… 그때까지."

"그때 무슨 일이 있었던 거야?"

요나는 어느샌가 물에서 나와 윈델의 곁으로 다가왔다. 윈델이 자신의 겉옷을 벗어 요나에게 주었다. 옷으로 몸의 물기를 닦으라는 듯한 손짓을 하며.

요나는 윈델의 옷을 받기 전에 그 자리에서 몸을 털었다. 강아지가 물에서 나와 몸을 털 듯.

그리고 윈델의 옷을 받아 어깨에 걸쳤다.

"무슨 일이 있던 거야?"

"응? 아, 그냥… 엄청나게 커다란 축복이 쓰레기산 근처에 내렸어. 요나 너희 동네도 그렇지만, 쓰레기산은 대부분 쉐도우 엘프의 영지 근처에 생겨나잖아? 어차피 쓰지 못하는 땅이니 쓰레기나 버리자, 뭐 이런 생각으로."

"아, 그런 거야?"

"나도 모든 대도시를 가본 게 아니라 모르지만 대부분 그래. 그런데 그게… 당시에 축복의 규모가 엄청났거든. 그 탓에 케임델 왕성 절반이 무너지고 쓰레기산 일부에 심지어는 쉐도우 엘프의 영지에까지 이르러 축복이 일어난 거야. 떨어진 나뭇가지의 총 길이가 3킬로미터였으니 말 다 했지."

"우아! 아, 혹시 그게 그거야? 케임델 대축복?"

"응, 맞아."

"난 또 제로나 할멈이 옛날얘기 하듯 하길래……. 10년 전 일이구나. 그래서 쓰레기산에 축복이 내려서 귀족 집 시종으로 들어간 거야?"

"응? 아, 그렇다기보다는… 쓰레기산에 더 있을 수 없게 됐거든. 그래서 도시로 흘러들어 갔는데, 그곳에서 세베리아 아가씨를 만나게 된 거지. 그녀는 그때 깊은 슬픔에 잠겨 있었어."

"왜?"

"축복으로 소중한 사람을 잃었거든."

4

장엄한 음악이 흐르는 대전 안은 은제 기둥으로 가득했다. 하나하나의 기둥에 나무와 그 가지가 음각되어 있고, 포도와 비슷한 열매들도 새겨져 있었다.

나무 장식의 기둥이 일곱에 일곱, 모두 마흔아홉 개 서 있는 이 방은 바로 바움 대신전이었다.

이 세계를 떠받치고 있는 거대한 나무이자 모든 생명의 신인 세계수 바움. 그분의 은혜에 감사하고, 그 말씀을 듣기 위해 사람들이 모이는 곳이 바로 이곳이었다.

이곳이 신전인 이유는 가장 북쪽의 벽 때문이었다.

북쪽의 벽은 언뜻 보아서는 갈색으로 물든 결 고운 나무 벽에 불과했다. 나이테가 촘촘히 나 있고, 약간의 광물질이 느껴질 만큼 매끈한 표면으로 덮여 있었다.

그 벽의 중앙에는 가지 하나가 길게 뻗어 나와 있었다. 그것은 정말 나뭇가지였다. 구불구불 뻗은 가지는 손바닥만 한 잎까지 돋아 있다.

바움의 어린 가지.

사람들은 그 가지를 그렇게 불렀다. 이 사원의 이름은 어린 가지사원이었다, 케임델과 근방 세 개 제후국을 통틀어 서쪽 가지 교단의 총본산인.

그 중앙에 있는 강당에 지금 수백 명의 사람이 기둥과 기둥 사이에서 둥글게 모여 있었다. 이곳에서는 위아래가 없었다. 늘 둥글게 원을 그리며 사람들이 모였다.

그렇다고는 해도 사람들은 알고 있었다. 모자가 높을수록, 구두가 화려할수록, 값나가는 버튼으로 가슴을 가릴수록 그 사람이 위라고.

가장 위에 있는 사람이 두 손을 들어 올렸다. 모자는 1미터에 가깝고, 신발은 금사가 복잡한 문양을 그리고 있었다. 가슴에 한 줄로 달려 있는 단추에는 일곱 개의 가지와 여섯 개의 뿌리가 단순화되어 양각되어 있다.

"바움 신께 기도드립시다. 이 세계에 유일하시며 전능하신 신 바움이시여, 여기 당신의 명을 받들었던 충실한 하녀가 있습니다. 그녀는 당신의 말씀에 따라 싸웠고, 그곳에서 크게 승리하였습니다. 이에 왕국은 그녀에게 영웅의 이름을 내렸사옵고, 바움님께서 오늘 내리실 이 선물을 받으려 하고 있습니다. 부디 청컨대 바움님의 선물에 축복 내려주시옵고, 그녀가 바움님의 뜻을 모두 이룰 수 있도록 은혜 주시옵소서."

"주시옵소서."

사람들이 기도를 마쳤다. 가장 높은 자, 이곳 어린가지사원의 사제장이 손을 내려 이번에는 중앙 단상에 있는 물건에 손을 얹었다.

그것은 우윳빛에 가까운 특이한 재질의 금속판이었다. 아니, 금속이라기보다는 뼈와 느낌이 비슷했다. 자세히 들여다보면 거무스름하게 반짝거리는 물결무늬가 가득하다. 빛을 반사시키기도 또 흡수하기도 하는 두 개의 재질이 뒤섞여 전체적으로는 '금속'인 것 같았지만,

분명한 것은 이 세상에서 쉽사리 구할 수 없는 귀한 물건이

라는 점이다. 게다가 이 크기라니!

어른 한 명이 누워 있는 것과 비슷할 정도의 넓이에 두께는 사람의 팔뚝 정도였다. 바깥 면으로 갈수록 얇아지는 게 언뜻 보면 칼날 같았지만, 다시 보면 풍차의 날개 같다는 생각도 들었다.

용도도 정체도 알 수 없는 이 얇은 '정체불명'의 판 끝에 사람이 잡을 수 있는 손잡이를 묶어두었다. 더 이상 장식을 가할 수도 없어 그저 손잡이를 아름답게 꾸미는 것으로 이것이 '검'의 형태를 띠게 만들었다.

사람들은 이 단단하기가 세계 최고인 물질을 이렇게 불렀다.

―세실리파의 칼날.

세베리아는 세실리파의 칼날을 손에 잡았다, 무게가 30킬로그램 이상 나가는 거대한 검을. 문자로 이루어진 검은 뱀의 문신이 새겨져 있는 왼손이라면 이것조차 가볍게 휘두를 수 있을 것이다.

그녀가 검을 드는 모습에 주변에 모인 사제와 모든 사람들이 탄성을 자아냈다.

"오오! 저 왕국 최고의 세실리파의 칼날 에우로파를 한 손에 들다니!"

"과연 책에 가장 가까웠던 자!"

"골렘 슬레이어!"

세베리아는 대놓고 하는 칭찬들에 낯이 화끈거렸다. 하지만 에우로파를 손에 넣은 것 자체는 절대 기분 나쁠 리 없었다.

지금까지 케임델 왕국에 떨어졌던 세실리파의 칼날 중 이 에우로파는 단연 최고의 크기였다. 하지만 너무 컸기에 오히려 쓸 수 있는 사람이 없었고, 720년 전, 키가 3미터가 넘었다는 거인 에우로파가 무기로 사용했던 것을 마지막으로 신전 지하 보물창고에 봉인되어 있었다.

왕실은 세베리아의 괴력을 목격한 후 에우로파를 기억 속에서 끄집어냈다. 세베리아가 에우로파의 주인이 되는 것에 대신들은 만장일치로 찬성표를 던졌다.

이제 왕국은 최강의 힘과 무기가 합쳐져 진정한 영웅을 '소유'하게 된 것이다.

세베리아는 묵묵히 검을 쓰다듬었다.

축복. 인간의 목숨을 앗아가는, 단순히 늙은 나뭇가지가 땅에 떨어질 뿐인 현상을 축복이라 부르다니……

거기에 이런 보물들이 섞여 있다 하더라도 사람의 목숨을 앗아가는 그것에 축복이라 이름 붙인 이 세계는…….

세베리아는 입술을 비틀었다. 자신을 둘러싸고 칭찬을 내뱉는 저 수백 명의 얼굴. 그것이 하나같이 같은 모습으로 느꺼졌다. 정말 그렇게 보였다.

속이 울렁거렸다. 토하고만 싶었다. 기분 나빠. 기분 나빠.

세베리아는 '왜 …가 없는 거야?' 라는 말을 머릿속에 떠올렸다. 하지만 무엇이 없는 것인지 그것만큼은 어떻게 해도 생각나지 않았다.

"세베리아 뷔렛!"

"예, 옙!"

"무슨 생각을 그렇게 하고 있는 겐가? 모두의 인사에 화답해 연설을 해주시게."

사제장이 자신을 보며 인자한 미소를 지었다. 세베리아는 에우로파를 다시 단상에 내려놓았다. 그리고 둥글게 서 있는 바움을 믿는 형제자매들에게 입을 열었다.

"오늘 제가……."

겸손과 사양, 그리고 은혜와 믿음 가득한 이야기들이 기품 있는 목소리로 읊어진다.

세베리아는 어떻게 해도 기분이 좋아질 것 같지 않았다. 파괴자를 찾아 그를 죽이고, 그가 빼앗아갔던 소중한 것을 되찾기 전까지는.

"우아, 정말 기분 좋아 보여!"

나무 열매 몇 개를 품에 안고 요나는 윈델 앞에 섰다. 윈델

은 지금 숲 사이로 쏟아져 내리는 태양 아래 대자로 누워 있
었다. 거의 몽롱할 정도로 그는 입까지 헤벌리고 해바라기를
하고 있었다.

"어, 어……."

"정신 차려! 그러다 바닥에 뿌리내리겠다."

요나는 윈델의 배 위에 과일을 쏟아부었다.

"어제 못 자서 그런가 봐. 햇살을 쬐니까 졸리네."

"그럼 자든지."

요나가 윈델 곁에 털썩 주저앉더니 과일 하나를 우걱 입에
베어 물었다. 하지만 그 직후 얼굴을 일그러뜨리며 침을 주르
륵 흘렸다.

"서!"

휙— 숲 속으로 들고 있던 과일을 던져 버리고 입안에 있는
것까지 뱉었다.

"우엑! 장난 아니게 시다. 빨갛게 익은 주제에 어떻게 이렇
게 실 수 있지?"

"헤헤헤."

윈델이 여전히 햇살 아래 해롱거린다.

그때, 그 윈델의 머릿속에 다시 한 줄의 글이 쩌렁— 하고
새겨졌다. 이제는 아프지도 않았다. 그냥 그 글자가 새겨지는
것에 주의가 집중될 정도의 가벼운 당김이 느껴졌다.

─엠베르크를 찾으라. 시작과 끝은 그로 인하리니.

"거참, 무슨 신 나부랭이 같은 말투네."

윈델의 몸에 다시 힘이 돌아왔다. '광합성'을 끝낸 것처럼 몸에 힘이 돈다.

"뭐가?"

두 번째 과일을 막 입에 가져가 맛보려는 순간 윈델이 한 말에 요나가 고개를 갸웃했다.

"응? 아아… 요즘 머릿속에 웬 글귀가 떠오르거든."

"그게 뭐야? 미치긴 한 모양이구나. 완전히는 아니지만."

"하! 하!"

할 말이 없었다. 미쳤다는 말을 인정하기 쉽지는 않았지만.

"엠베르크라……."

"엠베르크? 사람 이름이야?"

"응? 글쎄, 모르겠는데? 엠베르크를 찾아라, 이 말뿐이야. 그게 사람인지 지명인지도 몰라. 어디에 있는지는 더더욱."

"그렇구나."

요나는 별 관심 없다는 듯 다시 과일을 입안에 넣었다. 혹시 실까 싶어 미리부터 얼굴이 쭈그러들었다. 하지만 이번에는 조금 맹맹하긴 해도 살짝 달큰했다. 요나의 얼굴에 헤실 미소가 번졌다.

그런 요나를 보며 윈델이 한마디 했다.

"너는 참 작은 걸로도 행복해지는구나."

"응? 뭐가?"

"웃는 모습이 참 행복해 보여서."

"흥, 아까 아저씨만 할까? 내가 만약 그림을 잘 그렸다면, 아니, 헤파로스의 흉내 상자가 있었으면 그 얼굴을 그대로 새겨놨을 거야. 행복이란 무엇일까 라는 질문에 대한 정답으로."

"그 정도였어?"

"응."

윈델은 멋쩍은 표정을 지었다. 오래간만에 해 좀 쬐었다고 헤벌쩍하다니, 요즘 정말 긴장을 많이 하고 있던 모양이다.

"머릿속의 글귀 말이야."

요나가 말했다.

"응?"

"그냥 머릿속에다 대고 물어보지 그래? 엠베르크가 누구냐고. 어디 있냐고."

"아! 그거 괜찮다!"

될지 안 될지는 모르지만 한번 해볼 가치가 있어 보였다.

아무래도 머릿속에 뭔가가 들어온 것 같은데, 수수께끼 같은 소리만 지껄이지 말고 이쪽 질문에 대답도 해줘야 주고받는 공정한 거래 아닐까 싶다.

"그래서 엠베르크가 누군데?"

윈델의 말에 요나가 답한다.

"모른다니까."

"너한테 물어본 거 아냐."

"그럼 뭐 하러 입 밖에 내? 머릿속에서 대화하는 건데 그냥 생각이나 하면 되지."

요나의 말에 윈델은 머리를 긁적였다. 듣고 보니 또 그렇다.

—엠베르크가 누구야?

—엠베르크를 찾으라. 그것은 이 세계를 진정으로 구할 자의 이름이다.

—구한다고?

—나무를 불살라 세계를 구하라.

—나무를 불사르라고?

—엠베르크를 찾으라. 시작과 끝은 그로 인하리니.

—말 돌리지 말고! 나무를 불사르라니? 나무를 불태우는 게 어떻게 세계를 구하는 거야?

─⋯⋯.

─대답하라니까!

"아, 치사한 놈."

윈델이 툭 한마디 한다.

"응? 왜?"

요나가 세 번째 과일을 내던지고 네 번째에 손을 뻗으며 물었다.

"머릿속에 살고 있는 이놈, 완전히 제멋대로야. 내가 묻는 것에는 대답 않고 지가 하고 싶은 말만 하잖아."

"그래? 그래서 이야기는 좀 주고받았어?"

윈델은 고개를 끄덕였다. 그 순간, 요나의 표정에 동정심이 어렸다. '왜?'라는 기분으로 윈델이 요나를 빤히 처다보았다.

요나가 한숨을 쉬고 머리를 도리질 쳤다.

"그래? 대화가 된단 말이지?"

"대화가 잘 안 된다니까."

"그러니까, 윈델 아저씨가 한 말에 대답을 해주잖아. 머릿속에서."

"어, 어."

"휴우."

요나가 또다시 한숨을 내쉰다.

"뭐야, 기분 나쁘게?"

"내 입장이 되어봐. 태어나 두 번째로 만난 믿을 만한 사람인데, 하필이면 미친놈이잖아."

"아니라니까!"

윈델이 버럭 소리를 쳤다.

"진짜로 목소리가 들리고 글자가 보인다니까!"

"그래, 그래. 아저씨에게는 그럴 거야."

"아, 이거 정말 머릿속을 까 보일 수도 없고."

"알아, 그 마음 알아. 그러니까 진정해. 차차 나아질 거야."

요나는 워워― 하며 두 손을 앞으로 내밀었다.

윈델은 더 이상 요나와 말을 섞지 않았다. 증명할 것 없는 비정상적인 현상을 굳이 설명하려 들어봤자 바보가 되는 건 자신이다.

다시 머릿속에 말을 걸었다.

―그래서 그 엠베르크는 어디 있는데?

―엠베르크가 있는 곳, 그것에 닿는 지침이 이곳에 있도다.

―어, 정말? 알려줄 수 있어?

―찾으라. 구하면 얻으리니.

―그러니까 얘기해 줘.

그 순간, 윈델의 머릿속에 날렵한 필체의 글자들이 새겨지기 시작했다. 지금까지 머릿속에 새겨지던 글귀가 묵직한 고어체라면 이건 구어체에 동글동글한 게 언뜻 여자의 글씨처럼 보였다.

─엠베르크가 잠든 곳으로 안내를 시작하겠습니다.

윈델이 자리에서 벌떡 일어나고, 요나는 깜짝 놀라 엉겁결에 엉덩이를 떼었다.
"뭐, 뭐야?"
"엠베르크가 있는 곳으로 안내한대."
"어, 진짜?! 정말로 머릿속에서 그렇게 말했어?"
"그래. 가만있어 봐. 이쪽으로 가래."
윈델이 머리에 새겨지는 글귀를 따라 걸음을 옮기기 시작했다. 숲 사이로 난 오솔길을 무시하고 머릿속의 글귀는 똑바로 동쪽으로 갈 것을 지시했다.
삐죽삐죽 솟아난 풀을 치우고, 나뭇가지를 휘며 윈델은 직진에 직진을 거듭했다. 요나는 신발이 없는 통에 간신히 윈델의 뒤를 쫓았다.
"좀만 천천히 가봐."

“아, 미안. 업힐래?”

“응!”

요나를 등에 업고 윈델이 다시 걸었다.

“이쪽으로 똑바로 가래.”

“머릿속에서 그렇게 말하고 있어?”

“응. 정확히는 그렇게 쓰이고 있어. 어, 어, 잠깐, 여기서 어떻게 하라는데? 아, 뒤로 돌라는 이야기다.”

“뒤로 돌아?”

“그렇대.”

윈델이 다시 숲 안을 달리기 시작했다. 그의 등 뒤에서 요나는 고개를 연신 갸웃거렸다. 아무리 봐도 이 길……

윈델이 걸음을 딱 멈춘다. 머릿속에 한 줄 글귀가 적혔다.

—알 수 없는 원인으로 길 찾기를 종료합니다. 수신기를 하늘이 잘 보이는 곳에 설치해 주십시오. 다시 시도하시겠습니까?

“뭐, 뭐야! 뭘 다시 하라는 거야!”

윈델이 주위를 둘러본다. 요나가 먹다 남긴 과일이 뒹구는, 연못가의 마른 땅이 보였다.

“여기 아까 거기잖아!”

“여기에 엠베르크가 있대?”

요나의 물음에 윈델이 고개를 가로저었다.

“아저씨.”

“응?”

“우리… 병원 가볼까?”

“아니라니까!”

윈델은 외치며 맹세했다, 머릿속의 길 찾기 따위 믿지 않겠다고. 여자아이의 고운 필체라 조금은 기대했는데…….

“휴우, 오래간만에 믿을 만한 사람이라고 생각했는데 하필이면…….”

“나 안 미쳤다니까!”

윈델은 애써 강변했다. 태양은 이제 주홍색을 지나 다시 금색으로 빛나기 시작했다.

Chapter 04
케임델 왕국으로

Unterbaum

운터바움

1

　한바탕 마시고, 해를 쬐고, 과일 몇 점 먹고 나니 윈델은 정신이 돌아오는 듯 느껴졌다.

　아직 자신에게 무슨 일이 일어났는지는 알지 못했다. 단서가 아무것도 없었으니까. 책을 만진 것이 모든 변화의 원인이라는 것 말고는.

　무릎을 베고 요나가 잠들어 있다. 날벌레를 쫓으며 윈델은 하늘을 바라보았다.

　"역시 돌아가야겠다."

　윈델은 결심을 세웠다. 일단은 집으로 가야 할 것 같았다.

비록 세베리아 아가씨가 자신을 알아보지 못한다 하더라도.

어쩌면 지금쯤 목이 빠져라 기다리고 있을지도 몰랐다. 그때는 이를테면, 책의 발견으로 인해 어떤 일이 벌어졌고, 그 일시적인 충격 때문에 세베리아 아가씨의 눈이 먼 걸 거다. 다들 그러지 않나. 떡이 되도록 술을 마시면 아비어미도 못 알아본다고. 그 비슷한 게 아닐까?

어쩌면 그 방 안에 바움의 꽃가루가 잔뜩 있었을지도 몰랐다. 바움의 꽃가루는 소량일 때는 괜찮지만 너무 많이 마시면 환각 상태에 빠진다. 일부 술집에서는 마약 대신 쓰기도 했다. 독성이 적고 후유증도 거의 남지 않았기에.

그럴듯한 시나리오였다.

오래된 방, 바움 꽃가루가 잔뜩 쌓여 있고…….

책을 얻는 도중 마법진이 발동하며 오래된 먼지가 분분히 날려 그것을 마신 사람들이 집단으로 환각에 빠진 거다. 그래서 자신도 알아보지 못했고.

'왜 나는 괜찮았는지는…….'

아, 어제 수면제를 다량으로 먹고도 기절하지 않았던 것과 어떤 연관이 있을 것 같았다. 칼날이 안 박히고 독도 안 먹히는 그런 몸이 됐을지도?

'마법이나 돌려줘!'

윈델은 어쩐지 푸념으로 생각을 마쳤다.

이렇게 마음을 정하고 나니 더더욱 살던 곳으로 돌아가고
싶어졌다. 늘 칼날같이 날카롭던 아가씨와는 달리, 윈델은 뷔
렛 저택의 하인들과 나름 사이가 좋았다. 집사 위릴과는 트럼
프 친구였고.

그 자리에 없었던 위릴이나 다른 사람들은 분명 자신을 기
억할 것이다. 그럼 아가씨가 만약 아직까지 환각 상태에 빠져
있다 하더라도 집사들의 도움을 받을 수 있을 테고.

"요나."

"으응."

"요나, 잠깐 일어나 봐."

"왜. 좀 더 자면 안 돼? 졸려."

"벌써 태양이 노란색이야. 조금 있으면 자색이 될지도 몰
라."

"아우."

요나는 몸을 동그랗게 말며 꿈틀거릴 뿐 일어날 생각이 없
어 보였다.

"나, 케임델 성에 갈 거야."

"응?"

요나가 귀를 쫑긋했다.

"내가 살던 곳이야. 세베리아 아가씨의 본가가 있는 곳."

"알아. 아까 얘기해 줬잖아."

“응, 그러니까, 지금 당장 출발하려고.”

“엠베르크를 찾으려던 것 아니었어?”

요나가 묻는 말에 윈델이 고개를 젓는다.

“아니. 멍청한 머릿속 글자 따위, 이제 평생 무시해 버릴 거야.”

“히히, 좋은 생각이야.”

“비웃지 말고. 그래서… 요나는 어떻게 할 거야?”

“응?”

무슨 말이냐는 듯 눈을 동그랗게 뜬다. 요나가 자리에서 벌떡 일어나 앉았다.

“쓰레기산으로 다시 돌아갈래? 가는 길은 가르쳐 줄 수 있어.”

요나는 윈델을 물끄러미 쳐다보았다.

“이마의 낙인이니 뭐니… 게다가 나는 지금 수배 중일 거야. 오해이긴 하지만, 오해를 풀 때까지 수배는 수배니까. 위험할 것 같아. 요나를 그런 위험에…….”

“가지고 놀다가…….”

“응?”

“가지고 놀다가 버리는 거구나? 흑흑.”

“뭐야, 그건?”

“쓰레기산 아래 마을의 여자들은 남자가 떠나면 다들 이렇게 말해. 가지고 놀다가 버리는 거야?”

“장난치지 말고.”

윈델의 말에 요나가 핏 웃음을 터뜨렸다.

“같이 가겠다는 얘기잖아.”

“위험…….”

“괜찮아. 보호해 줄 거지?”

“하나부터 열까지 다 지켜줄 수는 없어.”

“그 정도면 됐어. 쓰레기산은 뭐 장난인 것 같아? 오늘 죽지 않는 건 내일 죽을 운이기 때문일 뿐인 그런 곳이야. 아저씨도 알면서.”

“그야…….”

“게다가 반이시에게 미움받고 있잖아. 이제 그 마을에서 편하게 살긴 글렀어. 내가 사라지는 모습을 다들 보았으니까. 오히려 이 기회에 그곳을 떠날래. 아저씨도 열 살 때 쓰레기산을 떠났다면서? 나도 열 살, 곧 열한 살이 되니까 딱 지금이 좋아.”

윈델은 요나의 말에 얼른 대답을 하지 않았다. 그러자 요나는 자리에서 끙차, 하고 일어났다.

“알았어. 그럼 여기서 헤어지자. 아저씨, 나는 아저씨한테 고마워하고 있어. 나를 구하러 와준 사람은 처음이었으니까. 그때 조금 멋졌다.”

요나는 점점 눈시울을 붉혔다. 고개를 반쯤 돌리고는 눈가를 재빠르게 훔쳤다.

"아, 이러면 안 되는데. 이별은 산뜻하게, 이게 내 신조인데. 그럼 나는 갈게."

요나가 몸을 돌린다. 윈델은 요나의 그런 모습에 가슴 한쪽이 뜨끔뜨끔했다. 특히 저 눈물은……. 세베리아 아가씨가 겹쳐 올랐다.

가끔 그녀가 눈물을 보이기라도 하면, 자신은 정말 하늘의 달이라도 따올 수 있을 만큼 가슴이 두근거렸다.

"알았어. 같이 가."

요나가 고개를 빙글 돌린다.

'정말?' 하며 웃는 그녀의 얼굴에는 눈물 자국이라고는 남아 있지 않았다. 윈델은 그 순간 멍한 얼굴이 되었다.

당했다. 이 느낌, 세베리아도 이랬다. 가끔 자기 마음에 들지 않을 때, 거짓울음으로 자신을 이용해 먹곤…….

"너……."

"한 번 한 약속은 지킨다고 했지?"

"그……."

"자, 그럼 가자. 나 케임델 왕국은 처음이야. 뭐, 쓰레기산 말고는 전부 처음이구나. 어느 쪽으로 가야 해? 앞장서."

윈델은 머리를 긁적거렸다.

할 수 없다, 같이 가는 수밖에. 뭐, 얼굴을 가리고 인적 드
문 곳만 따라가면 별일없겠지.

그는 마음 편히 상황을 정리했다.

바움의 그늘은 제멋대로였다. 가지는 네모꼴도 세모꼴도
아니다. 부정형으로 자라난 가지를 따라 생긴 그림자가 제멋
대로인 건 너무나 당연했다.

그림자는 당연한 이야기지만 해를 가리고, 햇빛과 달빛을
싫어하는 쉐도우 엘프가 살기 좋은 땅을 만들었다. 해에 약한
식물들, 동물들, 벌레들, 그 모든 것이 나무의 그림자에 깃들
어 살고 있었다.

인간이 사는 곳은 그 나머지 땅이다. 가지와 가지 사이, 해
가 드는 곳에 인간들이 터전을 잡았다. 어떤 곳은 직경 십수
킬로미터로 넓게, 어느 곳은 고작 4, 5킬로미터의 폭에 길이
수십 킬로미터로 길쭉하게.

땅이 넓을수록 사람이 살 수 있는 곳 역시 넉넉했다. 해 든
땅, 그 넓이가 곧바로 왕국의 척도였다. 그 나라들 중 가장 큰
나라를 손꼽으라면 동쪽의 케임멜과 서쪽의 프라우밀이 있었
다.

바움의 그림자를 국경선 삼은 나라들은 여느 문명과 다르
게 길 또한 바움과 연관되게 생겨났다. 산맥처럼 솟아 있는

나무뿌리 때문에 인접한 나라가 길을 돌아야 하고, 건너편 성이 보이는 가까운 언덕이 사이에 낀 그림자 진 땅 때문에 다른 먼 나라의 영토가 되기도 했다.

윈델이 지금 있는 구엔글 성은 케임델 왕국에서 그리 멀지 않은 곳이었다. 아무 일 없이 걷는다면 사흘이 채 걸리지 않을 거리다. 나이 어린 요나를 감안해도 닷새 이내다.

연못이 있던 샘에서 윈델과 요나는 먼 길을 떠날 준비를 했다. 윈델은 요나에게 껍질이 단단한 알콘 열매를 몇 개 주워 오게 했다. 그러는 사이 윈델은 가까운 나무의 껍질을 벗겨냈다.

"확실히 힘이 붙기는 했구나."

쇠로 만들어진 골렘을 상대할 때만큼 초인적인 능력은 아니었지만, 예전과는 비교도 할 수 없을 만큼 힘이 세졌다. 단단해 보이던 나무껍질을 바나나 껍질 벗기듯 까낼 수 있는 걸 보면.

윈델은 주먹만 한 돌 하나를 주워다가 뜯어낸 나무껍질의 안쪽을 긁었다. 처음에는 거칠었던 면이 점차 부드러워졌다. 열매를 가지고 온 요나가 윈델의 하는 양을 보며 고개를 기울였다.

"뭐 하는 거야?"

"응? 아, 가만있어 봐."

부드러워진 껍질을 몇 겹으로 겹치고 꼬았다. 거친 노끈 하나가 완성되었다. 그 노끈을 다시 다른 나무껍질과 연결해 묶고 나니 어설프게나마 샌들 같은 게 만들어졌다.

"맨발로 다닐 수는 없잖아."

한 쌍의 신발을 요나에게 내밀자 요나가 '아!' 하며 얼굴을 붉혔다.

"업혀도 괜찮은데……."

"안 돼. 케임델까지 계속 업혀갈 생각이야?"

이어 윈델은 요나가 가지고 온 나무 열매의 위 꼭지를 따냈다. 그리고 작은 구멍 틈으로 나뭇가지를 넣어 부드러운 씨를 긁어냈다.

요나는 윈델의 곁에 쪼그리고 앉아 뭘 하나 가만히 지켜보았다. 윈델이 입을 연다.

"알콘 열매는 물에 잘 녹아. 이렇게 씨를 발라내고… 물을 담으면 과육은 녹아 나오고 단단한 껍질만 남지."

말을 하며 윈델이 열매에 물을 담았다. 뚜껑 삼은 구멍에 손가락을 대고 세차게 몇 번 흔들더니 열매가 녹은 물을 땅에 버렸다.

"참고로 맛없어."

"나도 알아. 아까 먹어봤어."

"잘 말리면 밀가루 대신 쓸 수 있어."

“그래?”

요나는 신기해하며 윈델을 흉내 내 알콘 열매 하나를 물통으로 만들었다.

“이런 건 어디서 배웠어?”

물통 속을 헹구며 요나가 물었다. 윈델이 어깨를 으쓱한다.

“얘기했잖아, 마법사라고.”

“그 거짓말 진짜야?”

“진짜라니까! 지금은 마법을 전혀 쓸 수 없지만… 진짜로 마법사 맞아.”

“마법사…….”

윈델이 두 번째 물통을 완성시켰다. 알콘 물통 하나당 물이 두 컵도 채 들어가지 않는다. 예전처럼 물이 없는 곳으로 가는 일이야 없겠지만, 한번 겪고 났더니 새삼 물의 소중함이 와 닿았다. 두 개쯤 물통을 더 만들어야겠다고 생각하며 세 번째 물통의 꼭지를 따냈다.

“마법사는 있잖아, 마법 같은 힘을 쓰고 있기는 하지만, 기본적으로 물질과 그 성질에 대해 공부하는 사람들이야.”

“물질과 성질?”

“그래. 이를테면 물은 부드러우면서도 차갑고, 모습이 잘 변하지?”

“응.”

윈델은 손바닥에 물을 조금 쏟았다. 그리고 손바닥 위에서 물을 빙글빙글 돌린다.

“매질은 물, 성질은 부드러움, 혹은 차가움, 다변(多變) 등등. 이러한 성질들을 물이라는 매개를 통해 구체화시키는 것, 그게 물의 마법이야. 참고로 물은 성질이 많아서 상당히 고등 마법에 속해. 나도 아직 마스터하지는 못했어.”

“아! 그래서 어제 돌멩이, 단단함 어쩌구 했었구나.”

“그래, 바위 시대의 마법. 돌, 단단함. 정말 간단한 마법이라 성공할 수 있을 거라 생각했는데…….”

“가르쳐 줘.”

“응?”

요나가 두 손을 앞으로 내민다.

“가르쳐 주면 되잖아. 내가 대신 마법을 쓰면 되지 않겠어?”

윈델이 빙그레 웃었다.

“그게…….”

“치사하게 아끼지 말고.”

“그런 게 아니라… 하루나 이틀에 배울 수 있는 게 아니야. 가장 간단하다는 바위 마법을 배울 때까지 1년 동안 매질과 성질에 대해서만 배웠어.”

"그냥 가르쳐 줘. 난 공부 같은 건 하기 싫어."

윈델은 이 막무가내 아가씨를 도무지 당해낼 수가 없었다.

"하아, 하긴 아가씨도 내 덕분에 철의 마법 한 가지는 쓸 줄 알지."

"나도!"

"하지만 아가씨는 기사잖아. 오랫동안 검을 써서 철이라는 매질에 속속들이 지식이 있었기 때문에 가능했던 거야."

"나는 쓰레기산 출신이야! 별의별 물질을 다 만져 봤어."

윈델은 요나의 말에 짤막히 탄성을 냈다. 자신이 그렇게 빨리 마법을 배웠던 것도 따지고 보면…….

"알았어. 그럼 일단 가장 쉬운 돌멩이의 마법을 해보자. 대신 안 된다고 짜증내기 없기야?"

"응!"

요나의 눈이 그 어느 때보다 반짝거렸다.

2

"그쪽은 위험하네~!"

소를 모는 노인이 손짓하며 외쳤다. 윈델과 요나 두 사람을 향해 하는 말이었다.

"그 계곡 너머는 악마들의 땅이네! 그러고 서 있다가는 언제 그놈들의 화살을 맞게 될지 몰라!"

고래고래 소리를 지르는 노인을 보며 윈델이 손을 크게 흔들었다.

"괜찮습니다! 걱정해 주셔서 감사합니다!"

"괜찮지 않다니까! 무슨 일을 당하든 원망하지 말게나!"

윈델은 고개를 숙여 노인에게 답례를 했다. 그제야 노인은 소를 끌고 제 갈 길을 걷기 시작했다.

요나가 투덜투덜 볼멘소리를 낸다.

"나도 이 길은 싫어."

"쉐도우 엘프 때문에?"

"쉐도우 엘프뿐 아니라 땅속에 사는 고블린이나 놈, 비홀더, 아무튼 바움님의 그림자에는 무시무시한 괴물들이 잔뜩 있잖아."

윈델은 묵묵히 요나의 이야기를 듣고만 있었다.

"아니야? 제로나 할멈도."

"맞아."

"거봐! 그런데 왜 이런 위험한 곳으로 가는 거야?"

"어차피 안전한 곳은 없어, 지금 나한테. 사람들이 많은 곳일수록 마족으로부터는 안전하겠지만… 지금쯤은 전국에 수배가 내려졌을 거야. 이교도니 이단이니 하는 이름이 붙어서."

"아, 그럼 변장을 하면 되잖아?"

"아까 시도해 봤잖아. 이마의 글자를 천으로 가렸을 때 무
슨 일이 있었는지 잊었어?"

"얼굴 전체에 낙서가 생겼지."

요나는 말을 하며 팔짱을 꼈다.

"에휴, 이게 뭐람!"

한숨 쉬고 입을 다문다. 윈델이 그녀의 눈치를 살피며 물었
다.

"왜 그래?"

"한심스러워서 그래!"

"뭐가?"

"내가 어렸을 때부터 쓰레기산을 벗어나는 꿈을 얼마나 많
이 꾸고 자랐는지 알아? 그런데 이 꼴이 뭐야! 도망자라니. 아
무 죄도 짓지 않았는데……."

"억울하기는 나도 마찬가지야. 나라고 뭐 도망자가 되고
싶었냐? 영웅의 칭호를 받아도 부족할 판에!"

"영웅?!"

요나가 황당하다는 듯 웃음을 터뜨렸다.

"꺄르르! 영웅은 너무하다! 용사쯤 되면 모를까. 아저씨가
뭘 했다고 영웅의 칭호를 받겠어?"

“그야……..”

윈델은 더 이상 말을 잇지 못했다. 책을 손에 넣었다는 말을 함부로 입 밖에 낼 수도 없는 일.

“책 원정대라는 말도 다들 안 믿던데……..”

“알아. 증명할 방법도 없고. 나야 세베리아 아가씨의 종자일 뿐이었으니까. 그래서 케임델 왕국으로 가려는 거야. 그곳에는 나를 아는 사람들이 많이 살고 있거든.”

“닷새 걸린다고?”

“이렇게 사람들 눈을 피해서 가면 좀 더 걸릴지도 몰라.”

요나는 고개를 끄덕끄덕하며 뒤를 돌아보았다. 연못이 있던 숲이 어느새 저만큼 멀어졌다.

“닷새 후에……..”

윈델을 올려다보며 요나가 중얼거렸다.

“응?”

“아니, 그런데 정말 거기에 아는 사람이 살고 있어?”

“물론이야!”

윈델의 말투는 단호했다. 세베리아가 자신을 알아보지 못한 것은 어디까지나 책을 찾을 때의 충격 때문일 거다. 아니면 저주 같은……..

“아가씨는 숫기가 없달까, 사람들이랑 어울릴 줄 모르는 분이셔. 그래서 나는 아가씨를 대신해서 수많은 사람들과 안

면을 터놓았어. 하다못해 저택에서 거래하는 정육점 주인 제이슨과도 종종 함께 술을 마실 정도인걸."

"그 사람들이 윈델을 알아볼 거라고?"

"당연하지. 집사 위릴은 나를 친아들처럼 생각한다고 말하기까지 했어. 한번은 위릴이 허리를 삐끗해 두 달 넘게 병원 신세를 질 일이 생긴 거야. 아무리 오랫동안 뷔렛 가문을 위해 충성을 바쳐 왔지만, 집사가 두 달씩 자리를 비울 수는 없지 않겠어? 그래서 위릴은 세베리아 아가씨께 집사 일을 그만두겠다고 말했어. 아가씨도 아가씨지, 모든 일을 곧이곧대로 처리하는 사람이라 위릴이 그만두겠다고 하니까 알겠다고 이야기한 거야."

윈델의 목소리에 활기가 돌았다. 그의 미소에 요나도 덩달아 입꼬리가 감긴다.

"다음날 나는 아가씨에게 이렇게 말했어, 내가 집사 일을 대신할 테니 두 달 후 위릴을 다시 고용해 달라고. 아가씨는 그 대신으로 조건을 걸었지. 위릴 대신 완벽하게 집사 일을 처리하라는."

"그래서 해냈다고?"

"맞아. 자그마한 실수도 없었느냐 하면 그건 아니지만, 큰 문제 없이 위릴의 일을 모두 다 해냈고, 그 덕에 위릴도 다시 뷔렛 저택으로 들어올 수 있었어."

요나가 입술을 삐죽인다. 윈델이 그런 그녀를 보며 물었다.

"왜 그런 표정이야?"

"결국 나는 집사 일 정도는 배우지도 않고 척척 해내는 남자라고 자랑하고 싶은 거 아냐?"

"그런 게 아니라……."

요나가 퉁명스레 말한다.

"그래서, 그 아들같이 생각한다는 위릴 집사가 아저씨를 못 알아보면 어떻게 할 거야?"

"그, 그건……."

윈델의 목소리가 급격히 힘을 잃었다.

위릴이 자신을 못 알아본다면? 부엌때기 헬레나, 정육점 제이슨, 꽃집의 사이릴, 가깝게 지내던 그들 모두가 세베리아 아가씨처럼 대한다면?

생각하기도 싫었다. 윈델은 머리를 도리질치고 딱 잘라 말했다.

"아닐 거야!"

하지만 단호한 말투와는 달리 윈델의 머릿속에는 자꾸만 불길한 예감이 스멀스멀 자라나고 있었다.

―엠베르크를 찾으라!

잊을 만하니 다시 그 문구가 머릿속에 새겨졌다. 지끈 두통이 인다.

그 순간, 윈델의 발밑에 한줄기 화살이 박혔다.

"뭐, 뭐야!"

요나가 놀라 소리를 쳤다. 그사이 윈델이 화살을 살폈다. 촉까지 깊게 박힌 화살은 아직까지도 부르르 떨고 있었다.

꼬리 깃이 두 뼘은 족히 될 듯한 특이한 모습의 화살이다. 땅에서 화살을 뽑았다.

금속이 아닌 검은색의 돌을 쪼아 만든 화살촉. 흑요석 살촉을 쓰는 종족이라면 더 생각할 필요도 없다.

"쉐도우 엘프."

어느샌가 윈델의 목젖에 가느다란 칼날이 닿아 있었다.

"움직이지 마."

기척조차 느낄 수 없었다. 아니, 칼끝이 목에 붙은 지금도 상대의 모습은 보이지 않았다. 공중에서 칼날이 불쑥 솟아났으니.

목소리의 주인은 여자였다. 보이지 않아 나이가 많은지 적은지조차 알 수 없었지만, 지금까지 들어봤던 어떤 여자의 목소리보다도 아름다운 음색을 내고 있었다.

"신탁이 내려졌다. 죽는다 해도 원망하지 마라."

또 신탁인가? 윈델의 얼굴이 살짝 굳었다.

처음 책을 찾으러 떠날 때 들리는 소문에 의하면 쉐도우 엘프들에게도 같은 신탁이 내려졌다고 했다. 책을 찾는 것은 그들도 마찬가지. 다만 인간이 세계가 불타는 것을 막기 위해서였다면, 쉐도우 엘프들의 목적은 바움을 불태우는 것.

"나를 죽이라는 신탁이 내렸다고?"

윈델이 중얼거리듯 말했다. 투명하게 몸을 감춘 쉐도우 엘프가 짤막히 답했다.

"그렇다."

칼날이 움직였다. 곧바로 윈델의 목, 경동맥을 노렸다. 그 순간, 칼날이 닿은 부위에 검은 문자가 떠올랐다. 칼날은 매끄러운 유리면을 스치듯 윈델의 피부에 상처 하나 남기지 못했다.

놀란 암살자가 소리를 쳤다.

"신성 마법?!"

윈델은 주저없이 목을 그어오는 살인자의 기세에 눌려 지금까지 꼼짝달싹도 하지 못했다. 하지만 상처를 입지 않았다는 사실이 윈델에게 용기를 주었다.

무작정 상대 쪽으로 손을 내뻗어 움켜쥐었다. 장막 너머에 사람의 몸 같은 것이 붙잡혔다. 어느 부위인지는 알 수 없었지만 매끄럽고 부드럽다.

투명한 망토 같은 것이 너풀거린다. 그 틈으로 청색 빛 도는 피부가 흘끗 드러났다. 쉐도우 엘프다.

망토를 붙잡았다. 윈델은 있는 힘껏 망토를 잡아당겼다. 저항이라도 하려는 듯 저쪽도 망토를 당겼다.

망토가 팽팽해지고, 결국 윈델의 힘에 눌린 쉐도우 엘프가 망토를 빼앗기고 말았다. 암살자, 그녀의 몸이 백일하에 드러났다.

"아앗!"

소리를 치며 얼굴을 가린다. 정확히는 태양으로부터 눈을 보호했다. 들고 있던 무기까지 땅에 떨어뜨리고, 그녀는 윈델의 손 아래 무기력하게 늘어졌다.

그녀의 몸에서 벗겨진 망토가 나풀거리며 땅에 떨어졌다. 한쪽 면은 투명했고, 반대쪽은 어두운 청색을 띠고 있었다. 요나가 재빨리 망토를 붙잡아 품 안에서 돌돌 만다.

쉐도우 엘프를 이렇게 가까운 곳에서 본 것은 처음이었다. 윈델은 그녀의 몸을 위아래로 훑어보았다. 그 순간, 윈델이 얼굴을 붉히며 뻗었던 손을 오므렸다. 아무리 쉐도우 엘프라지만 가슴 언저리를 계속 붙잡고 있을 수는 없으니.

그녀는 몸에 꼭 달라붙는, 소재를 알 수 없는 슈트에 가죽 구두를 입고 신었다. 인간보다 조금 마른 듯한 체구였지만, 여자라는 것은 알아볼 수 있었다.

태양에 시력이 적응되어 가는 걸까? 눈 근처를 가린 채 오들오들 떨던 그녀가 다시 움직이기 시작했다. 윈델은 그녀가 떨어뜨린 단도를 주워 들어 겨누었다.

"움직이지 마."

쉐도우 엘프가 몸을 움찔한다. 적 앞에서 갑자기 태양 아래 온몸이 드러났으니 공포를 느낄 만도 했다.

윈델은 그녀의 겁먹은 모습에 쓴웃음을 지었다. 키도 그리 크지 않은, 물론 외형으로 쉐도우 엘프의 나이를 어림한다는 게 무의미하긴 했지만, 어려 보이는 여자아이가 겁을 먹고 떨고 있는데…….

그녀의 몸에 칼을 겨누고 있는 게 썩 기분 좋은 일은 아니었다.

그런 생각을 하며 윈델이 자신의 손을 보았다. 쉐도우 엘프가 떨어뜨렸던 단도.

"세실리파의 칼날?"

윈델은 자신도 모르게 생각한 것을 입 밖에 냈다. 망토를 낑낑 가방에 쑤셔 넣던 요나가 윈델을 쳐다봤다.

"세실리파의 칼날이 왜?"

그리고 다시 윈델의 손에 있던 칼을 보았다. 유백색의 칼날에 어른거리는 어두운 물결무늬. 평생 살아온 쓰레기산에서는 결코 본 적 없는 아름다운 금속이었다.

요나가 윈델의 곁으로 다가왔다.

"이게 세실리파의 칼날이야?"

"맞아. 한 뼘 반짜리기는 하지만… 그래도 이 정도면 대저택 하나는 살 수 있는 물건이야."

"정말?! 이 망토보다 비싸?"

요나의 목소리가 기대감에 들떠 있다. 윈델은 그 모습에 빙그레 웃었다.

"투명 망토도 굉장한 보물이야. 나로서는 값을 매길 수도 없는데?"

이렇게 답하고 윈델은 다시 쉐도우 엘프를 보았다. 긴 귀에는 금으로 만든 듯한 장신구가 달려 있고, 목에도 보석이 제법 큰 목걸이를 걸고 있었다.

거기다 세실리파의 칼날과 투명한 망토.

윈델이 경험한 바로 이 정도의 물건을 몸에 지닐 수 있다면 귀족, 아니, 왕족이나 그에 버금가는 위치에 있는 사람 정도였다.

물론 쉐도우 엘프의 풍습을 알지 못하고, 또 그 안에서 계급이 어떤 식으로 나뉘는지 아는 바가 없어 그대로 적용시키기는 힘들었지만, 한 가지는 확실했다.

자신을 암살하는 일이 쉐도우 엘프들 사이에서 결코 작은 일이 아니라는 것.

내민 칼날 앞에서 오들오들 떨고 있는 이 어린(?) 쉐도우 엘프. 하지만 정작 겁먹어야 할 것은 윈델 그 자신이었다.

"신탁… 이 내렸다는 게 무슨 뜻이지?"

윈델이 쉐도우 엘프에게 물었다.

두 손으로 여전히 눈을 가리고 있는 그녀는 윈델의 말에 답하지 않았다.

"묻는 말에 대답해 준다면 죽이지 않을게."

손을 눈썹에 붙이고 그녀가 가늘게 실눈을 떴다.

"정말이야. 약속할게."

"인간의 약속은 믿지 않아."

그녀가 입을 열었다.

"그럼 바움 신의 이름을 걸고 맹세할게. 저주를 걸어도 좋아."

윈델은 자신에게 무슨 일이 일어나고 있는지 알고 싶었다. 신의 이름까지 내걸 정도로.

하지만 쉐도우 엘프는 윈델의 말에 흥, 하고 코웃음을 쳤다.

"바움님의 이름을 저버린 이단이 바움님의 저주를 두려워할까?"

"바움님의 이름을 버려? 내가?"

"그래. 사악한 배반자 윈델 퀴렌스!"

윈델은 자신의 이름을 또박또박 이야기하는 쉐도우 엘프

를 보며 잠시 넋을 놓았다. 쉐도우 엘프가 자신의 이름을 알고 있다는 사실에 적지 않은 충격을 받은 것이다.

왜지? 뭐지? 물음표만 머릿속에 가득 떠오를 뿐이다. 만약 요나의 날카로운 외침이 아니었다면 영영 그 물음표에 짓눌렸을지도 모른다.

"조심해!"

요나가 소리를 질렀다. 윈델은 깜짝 놀라 뒷걸음질을 쳤다. 갑자기 왼손이 욱신거렸다. 손아귀에 힘이 빠지고, 세실리파의 칼날로 만든 단검은 다시 쉐도우 엘프의 손아귀로 돌아갔다.

실눈을 뜬 채로 쉐도우 엘프가 다시 윈델에게 덤벼들었다. 윈델의 목숨을 앗는 것, 그것보다 중요한 일 따위는 없다는 듯.

단도의 끝이 윈델의 가슴 한가운데에 닿았다. 이 세상에서 가장 단단하다는 세실리파의 칼날로 만든 단도, 그 날카롭게 벼려진 첨단에 윈델의 가슴에는 금세라도 구멍이 뚫릴 듯했다.

단도 끝에 눌린 피부가 갈빗대 사이로 밀려들어 간다. 하지만 또다시 나타난 검은 문자들이 칼끝의 압력을 막아주었다.

윈델이 자신의 품 안으로 들어온 쉐도우 엘프의 목덜미를 수도로 내려쳤다. 목덜미가 푹 꺾이고, 쉐도우 엘프는 그대로 머리부터 바닥에 처박혔다.

기절했다.

오히려 때린 윈델이 놀라 자신의 손을 이리저리 살펴보고 있다. 정말 내가 해낸 건가 하는 생각이 들 정도로 날카롭게 뻗은 일격이었다.

"왜 그래?"

요나가 이상하다는 듯 윈델을 봤다.

"죽인 거야?"

"몰라."

요나는 바닥에 쓰러져 있는 쉐도우 엘프를 손으로 살짝 밀었다. 가만히 엎드린 채 반응을 보이지 않는다.

"죽었나 봐."

요나는 줄곧 눈독들이고 있던 세실리파의 칼날로 만든 단검에 손을 뻗었다. 하지만 요지부동이다. 쉐도우 엘프가 단단히 움켜쥔 상태다.

윈델이 쉐도우 엘프의 몸을 반 바퀴 굴렸다. 눈을 찌푸린 채 감고 있다. 가슴이 움직이는 걸 보니 숨은 쉬는 모양이었다.

"죽지는 않았네. 이제 어쩌나."

"일단 이 칼을 뺏어줘."

"그걸 뭐 하게?"

"가져다 팔든지 내가 쓰든지……."

윈델이 쓴웃음을 지었다.

"무리다, 무리."

"뭐가?"

요나는 여전히 칼날을 움켜쥐고 끙끙대고 있었다. 칼날이 워낙 날카롭기에 당기기가 여간 힘든 게 아니었다.

"세실리파의 칼날이 어떤 물건인지는 아는 거야?"

"가장 단단한 금속이라며. 비싸고."

"맞아. 그래서 군사적으로 가치가 높은 거고. 모든 나라가 축복에서 나오는 선물들에 관심이 높은데, 그중에서도 이 세실리파의 칼날은 특별해."

윈델이 요나의 손을 치우며 칼날을 엄지와 검지 사이에 끼웠다. 힘을 꽉 주고 있는 힘껏 당기자 암살자 쉐도우 엘프의 손에서 쑥 빠져나왔다. 요나가 만세를 부르며 손을 내밀고, 윈델은 단검을 그녀에게 건네주었다.

"특별하니까 갖고 싶다는 거야."

요나는 환히 웃으며 단검을 손에 쥐었다.

"그러니까 무리라는 거야."

"왜?!"

"다른 사람이 보는 순간 뺏으려 들 거야. 국가가 나서서 뺏

으려 들지도 모르고. 정당한 절차로 얻은 물건이 아니니 뺏겨
도 할 말 없지."

"왜 정당하지 않아?! 사악한 쉐도우 엘프를 처치하고 뺏은
건데."

윈델이 다시 웃는다.

"전쟁으로 얻은 전리품은 나라에 바쳐야 해. 분배는 그 뒤
에 귀족들이 하는 거고. 사적으로 주머니에 넣는다면 국가 재
산 횡령으로 사형이나 유배형을 받게 돼."

"전쟁이 아니잖아."

요나의 말에 윈델은 고개를 저었다.

"모든 인간은 모든 쉐도우 엘프와 전쟁 중이야."

"말도 안 돼!"

요나는 이미 유백색 칼날에 마음을 흠뻑 뺏긴 모양이었다.
벌써부터 빼앗길 생각에 눈물까지 그렁거린다.

"파는 것도 힘들어. 암시장 같은 곳으로 가져가야 하는데,
이를테면 범죄 집단 같은 데. 그런 사람들이 너한테 돈을 주
고 칼을 사겠냐, 아니면 그냥 힘으로 뺏겠냐?"

요나는 윈델의 말에 머리를 끄덕끄덕했다. 후자에 찬성한
다는 뜻의 고갯짓이었다.

"그야말로 분수에 넘치는 보물들이지, 둘 다."

요나는 애써 가방 안에 구겨 넣은 망토까지 언급하자 시무

룩해졌다. 그러다 한 가지 생각이 난 듯 윈델을 올려다보았다.

"아저씨가 팔아줘. 아저씨는 어른이잖아. 힘도 있고."

"나도 일개 개인에 불과한걸. 범죄 집단을 상대할 힘 따위는 없어."

"거짓말! 강철 골렘을 맨손으로 무찔렀잖아. 힘이 없을 리가 없어!"

"성기사들한테 된통 당하는 거 못 봤어? 골렘은… 나도 어떻게 설명할 방법이 없는데, 그런 힘이 또 나오지는 않을 것 같아."

윈델은 말을 하며 자신의 소매를 들춰보았다. 그때 떠올랐던 글자들. 그건 과연 뭘까?

그 순간, 누워 있던 쉐도우 엘프가 끄응, 하는 소리를 내며 몸을 뒤틀었다.

"아무래도 오래잖아 깨어나겠는걸. 어쩌지? 정말 죽이기도 그렇고."

"왜? 쉐도우 엘프는 악마잖아!"

"그게……."

설명하자니 길어질 것 같았다. 말끝을 흐리다 다시 입을 열었다.

"일단은 이 쉐도우 엘프를 사람들 눈에 띄지 않는 곳으로 데려가자. 묻고 싶은 게 좀 있거든."

말을 하고 주위를 두리번거렸다. 멀지 않은 곳에 옹기종기 모인 바윗덩어리들이 눈에 들어왔다.

윈델은 쉐도우 엘프의 겨드랑이에 손을 넣어 질질 풀밭 위로 끌고 갔다. 얼마 가지 않아 아늑하니 몸을 숨길 만한 장소를 찾아냈다.

윈델은 가지고 있던 끈을 이용해 쉐도우 엘프를 묶었다.

3

신음을 뱉으며 얼굴에 오만상을 찌푸리고 있는 쉐도우 엘프를 보며 윈델은 어제의 일을 떠올렸다.

"파괴자를 잡아라!"

분명 쉐도우 엘프가 그렇게 외쳤다. 자신에게 손짓하며.

그리고 오늘은 배신자니 신탁이 내렸느니 하는 이야기를 듣게 되었다.

아무리 생각해도 찜찜했다.

"죽일 거면 라티스나 죽이라고."

"응?"

“아니야.”

윈델의 혼잣말에 요나가 고개를 갸웃한다.

“라티스를 죽이라니, 무슨 말이야?”

“혼잣말이야.”

요나가 눈을 동그랗게 뜨고 윈델을 보았다. 아저씨, 또 병이 도진 거냐는 눈빛을 쏘아 보내며.

윈델은 그 눈빛에 밀려 어쩔 수 없이 변명을 늘어놓았다.

“아니, 쉐도우 엘프들 말이야, 왜 내 목숨을 노리냐고. 목숨을 노릴 거면 쉐도우 엘프들의 성을 불태운 영웅 라티스의 목숨이나 노릴 것이지.”

“영웅 라티스!”

요나가 탄성 어린 한마디를 뱉었다.

“그분이 실재하는 거였어?”

“응? 그건 또 무슨 말이야?”

“제로나 할멈이 얘기해 줬어. 라티스라는 영웅이 있어서 쉐도우 엘프들을 모두 죽이고 바움님 아래의 모든 땅을 인간의 것으로 만들 거라고. 그때가 오면 영지가 넓어져 거지나 가난한 백성들도 농사지을 땅을 얻을 수 있다고. 그래서 다들 부유해지는, 그야말로 천국 같은 시대가 온대.”

윈델은 요나의 말에 웃었다. 요나는 윈델의 웃음이 결코 긍정을 뜻하는 것이 아니라는 걸 알 수 있었다.

요나가 물었다.

"아니야?"

"뭐가?"

"제로나 할멈의 말 말이야."

"아……."

윈델은 쉐도우 엘프를 내려다보았다.

"네가 보기에 얘 어때?"

"응?"

요나가 윈델의 시선을 좇아 쉐도우 엘프를 보았다. 조금 해쓱해 보일 정도로 마른 얼굴과 가는 몸매가 먼저 눈에 들어온다.

"어떠긴 뭐가. 쉐도우 엘프잖아, 파란 피부의."

"악마 같아?"

"당연하지!"

"잘 봐봐."

윈델은 요나의 손을 당겨 쉐도우 엘프의 코밑에 바투 붙였다. 여린 바람이 코끝으로 나와 요나의 손가락을 간질였다.

"살아 있잖아. 숨도 쉬고."

"그, 그게 뭐. 악마는 악마야."

요나의 손을 숫제 쉐도우 엘프의 뺨에 붙이며 윈델이 말한다.

"온기도 있고, 사람이랑 거의 비슷해. 태양과 달 아래서 살아갈 수 없다는 걸 제외하고는."

"그……."

요나는 쉐도우 엘프의 뺨에 닿은 손이 영 편치 않았다. 절대로 만져서는 안 되는 무언가를 건드린 것처럼 손끝이 떨리기까지 한다.

"세베리아가 해준 이야기기는 하지만, 사실 쉐도우 엘프는 악마 같은 게 아니라 인간과 비슷한 종족일지도 몰라."

"그럴 리가 없잖아! 바움님은 당신의 가지 아래에 인간들의 터전을 만드셨어. 하지만 바움님의 축복이 닿지 않는 그림자에서 태어난 쉐도우 엘프들이 인간들을 질투해서……."

"듣자듣자 하니까! 헛소리 그만해!"

히스테릭한 외침이 울렸다. 요나는 놀라 뒷걸음질을 쳤고, 윈델은 요나의 손에서 칼을 뺏어 쉐도우 엘프에게 겨누었다.

쉐도우 엘프는 눈을 완전히 뜨지 못했다. 이곳은 인간들의 땅. 가지와 가지 사이, 해 든 땅이었으니까.

"정말 바움님의 축복 아래 살아가는 건 우리 쉐도우 엘프야. 세계를 뒤덮은 나무, 바움님의 가지 아래에서 살고 있으니까. 인간이야말로 기생충 같은 존재야. 바움님의 가지와 가지 사이에서 살고 있잖아.”

“거짓말!”

요나가 빽 소리를 쳤다.

“뭐가 거짓말이야? 그게 아니라면 왜 인간은 가지 아래에서 살지 않고 가지와 가지 사이에서 살고 있는 거야?”

“태양이 중요하니까!”

“바움님보다?”

“그……”

윈델은 쉐도우 엘프의 목에 겨누었던 단검을 슬쩍 치웠다. 눈앞에서 단검이 왔다 갔다 하는데 눈 하나 깜짝하지 않는다. 나름 전사로서 훈련을 받기는 한 모양이다.

“그만들 해.”

윈델이 요나의 앞을 팔로 가로막았다. 어차피 서로 이해할 수 없는 적 사이다. 태생부터가 다르니까. 빛이 필요한 인간과 빛 아래서는 살 수 없는 마족들.

아무래도 어리다 보니 논리가 떨어졌다. 이길 수 없는 말싸움이었고, 요나는 윈델을 핑계로 입을 다물었다.

쉐도우 엘프도 쉐도우 엘프 나름, 팔까지 묶인 상태라 그런지 윈델의 말에 금세 냉정을 되찾았다.

“나를 죽여라.”

한참 동안 입을 닫고 있던 그녀가 꺼낸 첫마디에 윈델은 쓴 웃음을 지었다.

"쉐도우 엘프들에게 신탁이 내린 것 아닌가? 나를 죽이라고."

"파괴자, 이단자, 배신자! 퉤!"

쉐도우 엘프는 고개를 외로 틀어 침을 뱉었다. 윈델에게 맞지는 않았지만, 기분을 상하게 하기에는 충분했다.

"혹시 착각한 것 아냐? 파괴자라면 라티스를 말하는 것 같은데? 쉐도우 엘프들이 가장 증오하는."

"그 저주받은 이름을 내 앞에서 꺼내지 마라! 우리 부모님도 그놈에게 죽었으니."

"그러니까, 내가 아니라 라티스를……."

윈델의 말에 쉐도우 엘프는 다시 침을 퉤 뱉었다.

"파괴자 너야말로 바움님의 가장 큰 적이다! 엠베르크를 부활시켜 바움님을 불태울 자!"

그녀의 말에 윈델은 뒤통수를 한 대 세게 얻어맞은 것 같았다.

"엠베르크? 엠베르크를 알아?!"

쉐도우 엘프는 윈델의 말에 입을 다물었다. 그러더니 잠시 후 몸을 오들오들 떨었다.

"세계를 불태울 자. 진정한 악마의 이름. 엠베르크에게 저주 있으라!"

"아는구나! 도대체 엠베르크는 뭐야? 왜 내가 파괴자라는 거야? 신탁은 뭐고. 내가 바움님의 신탁에까지 등장할 만큼 대단한 사람은 아니거든? 기껏해야 기사의 종자에 불과한데……."

쉐도우 엘프가 입을 다물었다. 윈델은 답답했다. 쉐도우 엘프를 적으로 돌린다는 건 세계의 절반을 적으로 삼는 거나 마찬가지다. 쉐도우 엘프들의 땅 근처에도 못 간다는 얘긴데, 인간들이 영지 삼은 곳의 10퍼센트가량은 얼씬도 못하게 생긴 셈이다.

억울했다. 이유나 알고 당하면 좀 덜할 텐데…….

"책 때문이야?"

역시 그것뿐이다. 윈델의 말에 쉐도우 엘프가 이를 뿌드득 갈았다.

"자백하는구나!"

그녀의 말에 윈델이 고개를 갸웃한다.

"뭐를?"

"책의 저주를 이어받은 자! 마왕 엠베르크를 깨울 자! 세계는 너를 죽일 것이다! 바움 신께서 너의 죽음을 원한다! 우리 쉐도우 엘프들은 최후의 한 명이 죽는 그 순간까지 바움님의 명령에 따라 너의 죽음을 추구할 것이다!"

윈델은 쉐도우 엘프의 거침없는 말에 오한이 느껴졌다. 이거 뭔가 오해를 해도 단단히 한 모양이다.

"엠베르크… 깨울 생각 없어. 아니, 그보다 어떻게 깨우는지도 모르고. 나는 바움님의 충실한 종이야. 이래 봬도 한 달에 한 번은 예배에도 참석하는걸."

윈델은 정말 억울하기 짝이 없었다. 책 원정대의 일원으로, 다시 말해 바움님의 신탁에 따라 책을 찾아 수년을 보냈다. 바움님의 칭찬을 들으면 들었지 이런 대우를 받을 이유는 없었다.

아니 뭐, 엄밀히 이야기하자면 불경한 구석도 없지는 않다. 축복을 나쁘게 말한다거나……. 하지만 그것도 대부분 주인이었던 세베리아의 탓이다. 그녀에게 배운 것들이지 스스로 그런 대단한 걸 생각할 만한 위인은 못 되었다.

조금 마법에 재능이 있는, 태생이 특이한 정도밖에는 내새울 것도 없는 평민에 불과하다.

"흥, 소용없다. 네 말 따위 믿지 않는다."

"믿고 자시고, 나는 그런 대단한 사람이 아니라니까."

"거짓말! 너는 분명 신성 마법을 썼다!"

"신성 마법? 그건 또 뭐야?"

"문자의 마법! 세실리파의 칼날까지도 막을 수 있는 고대 악신들의 마법을! 그것을 쓸 수 있는 건 신과 악신의 후예뿐이다. 바움님께서 너를 악으로 이름 지었으니 너는 분명 악신의 후예이다!"

"아냐, 이건!"

윈델은 더 이상 말을 이을 수 없었다. 자신도 왜 이렇게 됐는지 모른다. 게다가 자신이 이렇게 된 것은 분명 책과 어떤 관계가 있었다.

그 책.

바움 신이 없애라고 신탁을 내렸던 그 책.

더 이상 말을 잇지 못하는 윈델에게 쉐도우 엘프가 비웃음을 띠운다.

"그것 봐. 할 말 없지?"

"할 말이 없는 게 아니라 할 마음이 없다."

투덜대듯 윈델은 이렇게 말하고 다시 쉐도우 엘프에게 물었다.

"쉐도우 엘프 전부가 나를 죽이려고 한다고?"

"그렇다!"

"하아……."

한숨이 나온다. 윈델은 하늘에 한 번, 땅에 한 번 무너져라, 꺼져라 한숨을 쉬었다. 이건 뭐…….

오해다, 조금만 기다려 달라. 이런 판에 박힌 멘트를 쉐도우 엘프들에게 할 수도 없고. 말이 통할 뿐이지 쉐도우 엘프와 인간들 사이에는 '대화'라는 게 없으니.

'이 저주받을 책!'

갑자기 허리의 가방 안의 책에 화가 나기 시작한다. 세베리아가 자신을 알아보지 못하는 수모를 당한 게 엊그제 같은데, 이제는 일이 커질 대로 커져 쉐도우 엘프들의 공적이 되었다.

전부 이 책 때문이다.

바움 신 다음으로 책을 미워하는 사람이 있다면 그건 분명 자기 자신일 거다.

윈델은 이렇게 생각하며 당장이라도 책을 꺼내 찢어버리고 싶었다. 하지만 그것도 불가능하니.

'아! 혹시 이 쉐도우 엘프는 알고 있을까?

윈델이 쉐도우 엘프에게 물었다.

"책을 없애는 방법… 혹시 그런 내용의 신탁은 없었냐?"

오히려 쉐도우 엘프가 어리둥절해한다.

"갑자기 그게 무슨……."

"혹시 아는 거 없어? 어떻게 하면 책을 없앨 수 있어?!"

워낙 말투가 다급해설까, 아니면 윈델이 자신을 죽이지 않는 것에서 어떤 안도감 같은 것을 느끼게 된 걸까?

쉐도우 엘프가 엉겁결에 윈델의 말에 답했다.

"아니. 책과 관련되어 우리에게 내려진 신탁은 책을 찾아

없애라는 것과 너를 죽이라는 것뿐이다."

그때까지 잠자코 있던 요나가 깜짝 놀라서 끼어들었다.

"쉐도우 엘프들도 책을 찾아 다녔다고?"

"당연하지. 바움님께서 내린 명령이다."

"거짓말. 쉐도우 엘프들에게 바움님이 말씀하실 리 없어."

쉐도우 엘프는 두 눈 꼭 감은 채 요나의 목소리가 들리는 쪽으로 고개를 돌렸다. 이를 살짝 드러내고 귀를 뒤로 젖힌다. 저 표정이 적의를 뜻한다는 건 쉐도우 엘프에 대해 아무런 지식도 없는 요나도 알 수 있었다.

요나는 살짝 겁을 집어먹고 윈델의 뒤에 숨었다.

그동안 윈델은 한참이나 생각에 추리를 거듭했다.

"역시 뭔가 있어."

윈델은 말을 하며 자리에서 벌떡 일어났다.

"요나, 가자."

"어, 어?"

"케임델로 가자. 지인들의 도움을 받아야겠어. 신전에 출두해야 해. 아무래도 엄청난 일에 휘말린 것 같아."

"잠깐만. 쉐도우 엘프는 어쩔 거야?"

윈델은 여전히 바닥에 누워 눈을 질끈 감고 있는 쉐도우 엘프를 쳐다보았다. 요나의 말을 듣고는 그녀에게 다가갔다. 세실리파의 칼날로 만든 단도를 쳐들고.

요나가 눈을 질끈 감았다. 악마니 뭐니 했지만 사람 말을 하는 사람의 태다. 죽는 모습 같은 건 보고 싶지 않았다. 한편, 쉐도우 엘프를 뭐 하러 죽이냐고 하던 윈델이 왜 마음을 바꾼 건지 생각했다.

그런 요나의 걱정이 완전한 기우라는 사실이 잠시 후 밝혀졌다. 슬쩍 뜬 요나가 본 것은 손목을 다른 손으로 잡아 비비고 있는 쉐도우 엘프의 모습이었다.

손목을 묶었던 끈만 풀어준 것이다.

"여기서 네 고향으로 돌아가는 건 알아서 해. 망토까지 돌려달라는 말은 안하겠지?"

윈델이 다시 걸음을 옮겼다. 요나는 윈델의 뒤를 종종걸음으로 쫓았다. 덩그러니 남겨진 쉐도우 엘프는 다시 실눈을 떴다.

시계가 온통 순백이다. 인간들 세상의 빛은 너무나도 강하다. 달빛마저 쉐도우 엘프들을 눈멀게 할 정도다. 감은 눈, 눈꺼풀을 통해 쏟아져 오는 빛에 정신이 아득해질 만큼.

그 너머로 한 남자가 사라져 간다.

'저 사람은 뭐지?

쉐도우 엘프의 가슴속에 한 가지 의문이 피어오른 순간이었다.

파괴자.

정말일까?

그렇다고 하기에 그는 너무나 평범하게 느껴졌다.

방향을 가늠해 그늘로 달아났다. 신탁을 위해서라면 죽을 수도 있다. 그럴 각오로 인간들의 세상에까지 넘어왔다. 하지만 그녀는 오히려 의문만을 가슴에 품은 채 고향으로 돌아가야 했다.

4

케임델 왕국 전임 책 원정대 단장 용사 게르함스. 올해로 꼭 마흔 살이 된 그는 지금 나무로 만든 다리를 쓰다듬고 있었다. 이미 잃어버렸지만 아직도 간질거리는 옛 오른 다리를 추억하는 중이었다.

용사의 칭호를 얻었다. 이제 평생 아무것도 하지 않아도 먹는 것, 입는 것 어느 하나 부족하지 않을 것이다. 케임델 왕국이 왕국 전체의 명예를 걸고 그가 최고의 생활을 할 수 있도록 노력할 테니까.

"간지럽네."

푸르른 정원수로 가득한 파빌리온 안, 바퀴 달린 의자에 기대어 그는 꽃들을 완상했다. 얼마 전의 원정이 거짓말처럼 느꺼졌다. 가시칼바람 계곡, 그 지옥 같은 곳의 기억이.

"게르함스님, 손님이 찾아오셨습니다."

평화로운 광경만큼이나 느릿하게 그가 고개를 돌렸다. 하인이 절도있게 고개를 숙였다.

"누군가?"

"책에 가장 가까웠던 자, 그분이십니다."

"아아! 세베리아가?! 어서 들어오라 그러게."

"예."

사라진 다리의 간질거리던 환통이 잠깐이나마 사라졌다. 게르함스는 곁에 세워두었던 지팡이를 손에 쥐었다. 아직은 죽지 않았다는 듯 근육을 불끈거리며 자리에서 벌떡 일어났다.

파빌리온이 있는 정원 저편에 세베리아가 등장했다.

붉은 기 도는 금발의 여인의 몸은 몇 줄의 가죽 끈이 휘감고 있었다. 어깨에서 겨드랑이로, 옆구리에서 허리로, 허리에서 골반을 지나 5센티미터쯤 되는 두툼한 가죽 벨트가 단단히 묶였다.

갖춰 입은 경갑, 드러난 오른팔과 가죽장갑으로 감추어진 왼팔이 게르함스의 눈에 들어왔다. 저 가려진 왼팔이야말로 골렘을 일격에 무찌른 기적의 원인이다.

그리고 무엇보다 가죽 벨트가 등 뒤에서 고정하고 있는 거

검(巨劍). 왕국, 아니, 인간 세상을 통틀어 저렇게 거대한 세실
리파의 칼날은 다시 찾기 어려울 것이다.

비보(秘寶) 에우로파!

"아아!"

게르함스는 그 위용에 탄사를 내뱉었다. 그때, 세베리아가
게르함스에게 고개를 꾸벅 숙였다.

"단장님."

"세베리아, 아니, 이제 영웅이라 불러야 하나?"

세베리아가 어색하게 웃었다.

"놀리지 마십시오."

"놀리기는! 자네에게는 벌써 몇 번이나 목숨 빚을 지게 되
는군그래."

"저도 단장님께 몇 번이나 도움을 받았습니다. 동료가 서
로의 목숨을 지키는 건 당연한 일이지 않습니까?"

게르함스가 살포시 웃었다. 이 딱딱한 말투하며…… 열아
홉 여자아이니만큼 조금은 나긋해도 좋으련만.

그러고 보니 세베리아도 그와 함께 있을 때만큼은 환하게
웃었던 것 같은데.

'그게 누구지?'

게르함스가 고개를 갸웃했다.

"무슨 일입니까?"

세베리아가 게르함스의 이상한 표정을 보며 물었다.

"아, 아니… 그게 뭔가를 잊은 듯해서."

"무엇을 말입니까?"

"아니, 세베리아의 환하게 웃는 모습을 보았던 기억이 있는데, 그게 누구와 함께 있었을 때지?"

"누구와……."

세베리아는 말끝을 흐렸다. 잃어버린 것, 책이 앗아간 것, 게르함스는 그것을 말하고 있다. 하지만 정작 그녀 자신도 기억해 내지 못했다.

"책이 앗아갔습니다."

이를 악무는 세베리아를 보며 덩달아 게르함스의 표정도 굳었다.

"그 파괴자 말인가?"

게르함스가 그날의 일을 반추했다. 책을 가로챈 한 남자. 확실히 보지 못해 누군지는 알 수 없었지만, 분명한 건 신탁에 나온 파괴자가 바로 그 남자라는 사실이었다.

"그자를 용서할 수 없습니다. 바움 신의 신탁 때문이 아닙니다. 제게 가장 소중했던 것을, 기억을 그 송두리째 앗아간 책과 그 파괴자를 용서할 수 없습니다. 아직도 꿈을 꿉니다, 그날의 꿈을. 그자의 얼굴이 뇌리에 너무 선명하고 또 선명해서 잠들기가 힘듭니다."

“세베리아.”

감정적이 된 세베리아의 이름을 불렀다. 게르함스는 씁쓸한 맛이 혀끝에 맴돌았다. 그날이 반복되는 것은 자신뿐만이 아니었던 거다.

“게르함스님, 부탁이 하나 있습니다.”

“음?”

“루드비히의 가보(家寶)를 제게 주십시오.”

세베리아의 말에 게르함스가 짤막히 신음했다. 가보를 달라니.

“떠날 텐가?”

게르함스가 묻고 세베리아가 끄덕였다.

“혼자?”

“네.”

“파괴자를 찾아서?”

“네.”

“과연……”

게르함스는 ‘이길 수 있을까?’라고 물으려 했다. 그 순간 게르함스의 눈에 세베리아의 왼팔과 에우로파가 보였다. 저것을 가지고 이기지 못할 적이 있을까? 강철 골렘이라 할지라도 이제는 단칼에 벨 수 있을 것이다.

게르함스가 세베리아의 눈을 보았다. 영웅. 세계의 적을 찾을 그녀의 눈은 지금 이 순간 떨리고 있었다. 결연한 의지, 성취에의 열망, 이루고자 하는 욕구 그 어느 것도 보이지 않는다. 그저 잃어버린 것을 되찾고자 하는, 아니, 잃어버린 현실로부터 도망치고 싶어하는 열아홉의 여자아이가 있을 뿐이었다.

그녀가 이렇게나 여렸던가? 그녀가 강하게 느껴졌던 것은 '그'와 함께였기 때문이었나?

게르함스가 다시 한숨을 내쉬었다. 그리고 손뼉을 딱딱 두 번 때렸다.

멀리서 대기하던 하인이 쪼르르 달려온다.

"부르셨습니까?"

"내 서재 첫 번째 서랍에 있는 상자를 가지고 오게."

"예, 게르함스님."

세베리아가 게르함스에게 고개를 숙였다.

"감사합니다, 단장님."

"왕실에서 내린 물건일세. 함부로 남에게 주고받을 수 있는 것이 아니란 말이네. 그러니까 꼭 돌려주러 와야 하네."

"네."

"살아 돌아오라는 말이야."

"넵!"

세베리아가 고개를 들었다. 게르함스가 웃고 있다. 그
웃음을 얼마나 힘들게 만들어냈는지 눈가의 경련이 말해주
고 있었다. 세베리아는 그의 근심을 조금은 이해할 것 같았
다.

전지전능한 신 바움조차 어떻게 할 수 없는, 바움 신의 천
적이다.

영웅의 이름을 받았다고 하지만 고작 인간일 뿐인 그녀 자
신이 정말 그 파괴자를 죽일 수 있을까?

왼손이 두근거린다. 왼손에 새겨진 뱀의 심장이 뛴다.

하인이 상자를 가지고 왔다. 게르함스는 지팡이에 기댄 채
그 상자를 받아 열었다.

상자 안에 들어 있는 것은 망원경이었다. 2단 망원경으로
흰색의 경통은 화려한 금장으로 마감되어 있었다. 길이는 한
뼘가량에 한 손에 쏙 들어올 크기로 가문의 보물이라고 할 만
큼 대단한 구석은 일견 보이지 않았다.

여느 망원경과 다른 점도 있었다. 이를테면 경통(鏡筒) 중
간에 있는 몇 개의 작은 단추.

얼핏 평범해 보이는 이 망원경을 사람들은 이렇게 불렀다.

—카마드의 눈.

지금의 인간들이 모든 노력을 기울여 만든 가장 정밀한 망
원경보다 열 배는 더 먼 곳을 볼 수 있고, 밤에도 사물을 분간

할 수 있는, 목표물의 거리까지 가르쳐 주는 굉장한 보물이었
다.

특히 군사적인 가치가 높아 세실리파의 칼날과 더불어 모
든 국가가 탐내는 보물 중의 보물이었다.

"루드비히 가문의 지혜로운 눈이네."

보관함을 다시 닫았다. 그 둥근 상자가 세베리아의 손에 넘
겨진다.

"꼭 그자를 잡게. 책을 되찾아 오게. 책에 가장 가까웠다는
우리의 명성을 책을 얻은 자라는 명성으로 덧씌워 주게."

세베리아가 '루드비히의 혜안'을 가슴의 주머니에 넣었
다. 세실리파의 칼날―에우로파를 고정한 가죽 끈에 달린 작
은 가방이었다.

그녀가 다시 게르함스에게 고개를 숙였다. 이제는 떠나야
한다.

"꼭 성공하겠습니다."

"부탁하네."

세베리아는 곧바로 게르함스의 저택을 빠져나왔다. 케임
델 왕성의 거리가 눈부시게 그녀를 마중하고 있었다.

태양은 황금색. 아직 활기찬 시간이었다.

세베리아는 남쪽으로 걸음을 내디뎠다.

그녀가 향하려는 곳은 모든 저주가 시작됐던 그곳, 가시칼

바람 계곡.

　같은 시간, 윈델은 케임델 왕국으로 이어진 그림자 사잇길
을 걷고 있었다.

Chapter 05
감옥에 잡혀가다

Unterbaum

운터바움

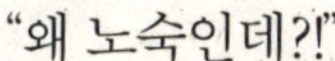

1

"왜 노숙인데?!"

요나의 볼이 퉁퉁해졌다. 개구리보다는 좀 더하고 두꺼비 볼보다는 좀 작게.

멀리 국경 도시가 보였다. 국경 도시라고는 해도 수백 명쯤이 취락을 이룬 마을에 가까웠다. 멀지 않은 쉐도우 엘프들의 영지 탓에 치안은 바닥이었다.

그럼에도 이곳이 도시라고 불리는 것은 레핀 요새 덕분이었다. 요새 레핀은 목책을 높이 세워 그것을 해자(垓字) 삼고, 마법사들을 위한 총안(銃眼)을 군데군데 뚫어놓았다. 불야성을 자랑하는 이 요새는 케임델의 남쪽 관문이자 든든한 보루였다.

먼 곳에서 보는 레핀 요새는 늠름했다. 요나는 그 점이 더더욱 불만이었다.

"아직 이곳까지는 수배가 내려지지 않았잖아. 후드를 눌러쓰면 아무도 못 알아본다구!"

처음으로 만난 화려한 성이여설까? 요나는 더더욱 그 안으로 들어가고 싶어했다.

"혹시 모르는 일이잖아. 수배가 내려 있으면 큰일이니까."

"이틀 내내 쉐도우 엘프들이 무섭다고 숨고 숨어 이곳까지 와놓고 이제는 사람들이 무서운 거야?!"

요나의 따지는 듯한 말에 윈델은 쓴웃음을 지었다. 반박할 말이 없다.

"게다가 노숙이라면 모닥불과 침낭 정도는 있어야지! 그날 쉐도우 엘프랑 만나지 않았으면 덮고 잘 이불도 없을 뻔했잖아!"

요나가 주섬주섬 덮고 있는 이불은 다름 아닌 쉐도우 엘프에게서 적선받은 투명 망토였다.

"미안."

윈델은 고개를 꾸벅 숙였다. 사실 그가 요나에게 이런 대우를 받을 이유가 없었다. 멋대로 따라오겠다고 선언한 건 다름 아닌 요나다.

보통 사람이라면 '제멋대로 구는 것도 작작하시지!' 하고 화를 냈을 테지만, '아가씨'를 모시는 데 익숙할 대로 익숙한 윈델이다. 거의 몸에 밴 반사행동으로 '아가씨'가 화를 내지 않을 만한 대응을 구사 중이다.

아니나 다를까, 요나의 투덜거림이 잦아든다.

"아무튼! 나중에 두 배, 세 배로 받아낼 거야."

"알았어. 그 대신 어제에 이어서 마법을 가르쳐 줄게."

요나의 관심이 급전환되고, 기분도 울증에서 조증으로 뒤바뀌었다.

"응! 나, 나, 돌의 물성은 대충 알겠는데 머릿속에서 구현하라는 게 어떤 건지 잘 모르겠어. 매질은 돌, 성질은 단단함! 이거잖아."

요나는 두 손바닥을 두 뼘 거리쯤으로 마주 보게 하고 정신을 집중했다. 어제 배운 대로 해보지만 돌멩이가 소환되기는 커녕 모래 알갱이 하나 나오지 않았다.

"차근차근 해. 먼저 매질을 떠올려. 돌은 모래와 흙이 모여서 만들어진 거야. 화산이 만들기도 하고. 마법사들은 돌을 크게 세 가지로 구분했어. 하나는 모래와 흙, 진흙이 쌓여서 생긴 돌이야. 마법사들은 이런 돌을 퇴적암이라고 불러."

"퇴적암?"

"쌓여서 만들어졌다는 뜻이야."

"모래랑 흙이 쌓였다는 거지?"

"그래. 그리고 그걸 이해하기 위해서는 모래와 흙이라는 매질을 공부해야 해."

"모래랑 흙."

요나가 눈을 반짝거리며 윈델의 말을 경청했다. 제멋대로 인 열 살짜리 아가씨치고는 놀라운 집중력이었다.

두 손바닥 사이에 미미하지만 바람이 일었다. 바람이라기 보다는 공기의 움직임 정도에 본인도 느끼지 못했지만.

"안 돼."

"무슨, 잘하고 있는데. 역시 물질에 대한 이해도는 쓰레기 산 출신들이 높다니까."

요나가 윈델을 흘긴다.

"쓰레기산 출신이란 말은 이제 하지 마. 윈델만 알고 있어. 내 평생의 비밀이 될 거니까."

윈델이 손을 움직여 입의 지퍼를 채웠다. 요나가 그 모습에 헤, 하고 맑게 웃었다.

요나가 다시 손바닥을 마주 모으고 정신을 집중했다. 윈델 은 몸을 뒤로 기울였다. 두 팔을 땅을 짚고 달을 보았다. 남쪽 두 번째 달. 밤 10시 무렵이다.

"달은 참… 신비롭다니까."

“뭐가?”

마법에 집중하고 있어서일까, 요나가 건성으로 답한다.

“한 시간마다 모양을 바꾸고 있잖아. 작은 반달에서 큰 반달, 보름달이 되었다가 다시 반달, 작은 반달로. 하늘에 네모난 창이 나 있고, 그 위로 둥근 달이 지나는 것처럼.”

“그게 뭐가 신비해? 원래 그런 거잖아.”

“그런가?”

윈델은 요나의 말에 수긍하고 넘어갔다. 감상을 언쟁하는 것만큼 멍청한 짓도 없다.

“그런데 너희는 왜 거기서 있는 거야?”

윈델이 하늘을 보고 한마디 한다. 요나가 고개를 갸웃한다.

“뭐가? 나 말이야?”

“응? 아니.”

요나는 또 이 남자, 미친병이 도졌나 싶어 혀를 차고 고개를 저었다. 하지만 윈델은 그런 요나의 반응에는 아랑곳 않고 여전히 하늘에 말을 걸었다.

“그래, 너희 둘 말이야. 쌍둥이 같은데, 나무에 그렇게 앉아 있으면 힘들지 않아?”

요나는 그제야 윈델이 나무 위에 있는 무언가에게 말을 거는 걸 알아챘다. 나무까지의 거리는 10여 미터쯤. 하지만 주변에 빛이라고는 없었기에 요나는 그 위에 누가 있는지 없는지 전혀 보이지 않았다.

그때, 나뭇가지에서 한 쌍의 그림자가 땅으로 뛰어내렸다. 요나는 깜짝 놀라 윈델을 쳐다보았다. 저기서 뭐가 보였다는 거야?

요나의 눈에 윈델의 눈동자가 보였다. 흰자위에 자그마한 글자가 빼곡히 적혀 있다.

"어!"

깜짝 놀라 탄성을 낸 순간, 윈델의 눈에 그려져 있던 글자들이 거짓말처럼 사라졌다. 요나는 자신이 잘못 본 건가 하는 생각에 눈을 비볐다.

그사이 윈델은 두 소녀에게 다시 말을 걸었다.

"둘 다 마법사인가 본데… 여기는 무슨 일이야? 위험한 곳이야."

한 소녀가 앞장서고 다른 소녀가 그 뒤에 숨었다. 하나는 걸음걸이가 당당한 반면 다른 하나는 일거수일투족이 쭈뼛거렸다.

요나가 그녀들을 보았다. 하나는 머리칼을 하늘 높이 땋아 올리고, 다른 하나는 엉치까지 흘려보냈다. 붕대 같은 것으로 오른쪽, 왼쪽 눈을 가리고 있는 것까지 일란성 쌍둥이지만 완전히 느낌이 달랐다.

“정말 마법사야? 윈델보다 훨씬 어려 보이는데?”

두 소녀 중 앞서 걷던 그녀가 요나의 말에 대꾸했다.

“너보다는 나이가 많아. 엉터리도 못 되는 마법사 씨.”

“이틀째야!”

“태어난 지?”

“마법을 배운 지!”

윈델이 요나의 어깨를 살짝 당겼다. 어떻게 된 게 이 아이는 보는 사람마다 일단 시비를 걸어 사달을 일으키는 건지…….

쌍둥이 소녀 하나가 요나에게 메롱 하고는 윈델을 쳐다보았다. 세상에 둘도 없는 신기한 것을 보기라도 한다는 듯한 표정이었다.

“정말 나를 본 거야? 우리를 본 거야?”

“응? 어. 나무 위 가지에 앉아 있었잖아. 어깨를 나란히 하고.”

뒤에 몸을 숨기고 있던 다른 소녀가 웅얼거리는 듯 말했다.

“거짓말이야. 우리는 보이지 않았어.”

“맞아! 어떻게 안 거야?! 우리는 그때 물 매질의 마법을 쓰고 있었어. 속성은 신기루.”

윈델은 깜짝 놀랐다. 물 매질의 마법은 기본적으로 고위 마법에 속한다. 게다가 신기루 속성이라니! 아무리 봐도 열다섯 이상으로는 보기 힘들 것 같은데. 케임델 성에서도 이 정도

수준의 마법사는 손에 꼽을 정도였다.

"빨리 대답해! 어떻게 안 거야? 당신에게 마법의 힘은 느껴지지 않아! 마법사가 아닌데 어떻게 우리를 볼 수 있었어?"

앞서 있던 소녀는 1초도 기다리기 힘들다는 듯 재촉했다. 하지만 윈델은 다른 곳에서 충격을 받았다.

"내게서 마법의 힘이 느껴지지 않는다고?!"

"응, 당신은 마법사가 아니니까!"

"나는 마법사야."

정확히는 마법사였다. 요나에게 마법을 가르치면서 윈델도 복습을 했다. 하지만 연이은 실패로 지금은 시도조차 하지 않고 있었다. 시간이 지나면 어떻게 회복될까 하며.

그런 상태에서 고위 마법사—생긴 건 둘째 치고—가 대놓고 너는 마법사가 아니라고 선언하니 속이 쓰렸다.

"그럴 리가. 네 주변에는 어떤 힘도 느껴지지 않는데? 마법사는커녕 사람이기는 한 거야? 인간이면 누구나 가지고 있는 삶의 에너지가 거의 느껴지지 않는데?"

소녀는 이상하다는 듯 고개를 갸웃거리며 윈델의 좌우를 살펴보았다. 요나가 그 모습에 기분 나쁘다는 듯 입술을 삐죽거렸다.

"뭐야, 예의없이! 왜 사람을 그런 식으로 보는 거야?"

요나의 외침에 쌍둥이는 또다시 혀를 날름했다. 너 따위는

상대하지 않아, 라고 하는 듯 보였고, 요나의 숨소리가 다시
거칠어지기 시작했다. 쏘아붙이려는 찰나,
　갑자기 저곳, 레핀 요새에서 폭죽이 솟아올랐다.

2

　퍼퍼펑— 퍼펑—
　북소리가 둥둥, 요란스런 나팔이 뺨빠바.
　요나의 얼굴이 폭죽 빛에 붉으락푸르락, 알락달락하다. 잠
시 불꽃에 눈을 빼앗긴 사이 쌍둥이는 이미 두 사람 앞에서
사라졌다.
　'무슨 일이 벌어지고 있는 건지……'
　윈델은 도통 알 수 없다는 말만 머릿속으로 되뇌었다. 그
순간, 예의 두통이 머리를 지끈 휘젓는다.

　—저곳에 열세 페이지가 있도다. 온전한 소망을 위해 꼭 필
요한 열세 페이지가.

　무슨 소리인지…….
　윈델은 이미 오래전부터 머릿속의 글자들에 신경을 껐다.
조금 새로운 문구가 나온 것은 사실이지만 이해할 수 없다는

점에서는 이전이나 마찬가지다.

그나마 그동안 있던 진전이라고는 쉐도우 엘프들이 엠베르크라는 이름을 알고 있다는 것 정도. 하지만 쉐도우 엘프의 도움을 받을 수 있는 것도 아니다.

결론은 신경 끄는 게 심간 편하다.

"아름다워! 갑자기 무슨 일일까?!"

요나의 눈이 휘둥그레졌다. 요새 하늘을 수놓고 있는 불꽃에 흠뻑 빠져 입까지 헤벌린다.

윈델 역시 무슨 일인지 궁금한 건 마찬가지였다. '카마드의 눈'이라도 있으면 모를까, 이 거리에서 요새에 어떤 일이 벌어지고 있는지 알 수 있을 리 없었다.

"불꽃놀이라는 게 가까이서 보면 이렇게나 아름답구나!"

요나의 감탄사에 윈델은 문득 어린 시절이 떠올랐다.

쓰레기산 가장 높은 곳에서 보이던 케임델 성의 첨탑이. 한 해가 끝나고 또 시작될 때면 어김없이 불꽃놀이를 했다. 거대한 쓰레기더미가 어둠으로 실루엣만 남고 그 틈으로 폭발하는 울긋불긋한 빛의 꽃들.

그때는 왜 그게 아름답게 보이지 않았던 걸까? 그 화려한 광경에 비참해져 눈물을 흘렸을까?

왜 신은, 전지전능하신 바움 신께서는 나를 그곳에서 태어나게 만들었을까?

늘 추하고, 냄새나고, 비참한 그곳에.

"가까운 곳일수록 아름답지."

윈델의 중얼거리는 말에 요나가 고개를 끄덕끄덕하며 말했다.

"가서 보면 안 될까?"

"응?"

"축제 같은 걸 거야, 분명. 그러니까 불꽃을 쏘아 올리겠지."

윈델은 요나의 말에 기억을 더듬어보았다. 이맘때 무슨 축제가 있더라? 그것도 저렇게 성대하게 할 정도의 축제가.

하지만 아무리 생각해 봐도 떠오르는 게 없었다.

워낙 외진 곳이다 보니 누구한테 물어볼 수도 없다. 요나 말대로 무슨 일인지 확인하려면 성이 있는 곳까지 가야 한다.

윈델은 주판을 튕겨보았다. 어두운 시간대인데다가 축제라면 성안은 혼잡할 것이다. 설사 수배가 되어 있다 하더라도 괜찮을 것 같기도 하고.

요나의 '제발'이 가득 박혀 있는 얼굴에 '부디'라고 적혀 있는 눈동자까지, 그 강력한 설득력에 마음이 흔들리기도 했다.

"그럼 가……."

하지만 윈델의 말은 여기서 끊겼다.

갑자기 요새의 한쪽 벽이 무너졌다. 사람들의 비명 소리가 이곳까지 울려 퍼졌다.

윈델이 신음을 삼켰다.

"또 골렘."

윈델은 이 순간 조금 전 사라졌던 쌍둥이를 떠올렸다. 왜 골렘을 생각하며 그녀들을 연상했는지 얼른 이해가 가지 않았지만.

커다란 짐말이 아니고는 긴 여행을 견딜 수 없었기에 세베리아는 두 마리의 짐말을 길동무 삼아 성을 나섰다.

기사단장 게르함스를 제외하고는 정확한 목적지조차 밝히지 않았다. 하지만 그녀의 등에 메인 거검 에우로파가 소문을 퍼뜨렸다, 책에 가장 가까웠던 자가 케임델 성을 떠난다고.

태양이 짙은 보라색으로 어두워지고, 남쪽 첫 번째 칸에 달이 떠오를 즈음 그녀는 레핀 요새에 도착했다. 언제부터 준비했는지 레핀 요새 북쪽 문에는 벌써부터 수십 명의 기사가 검을 들고 도열해 있었다.

레핀 요새의 바움 사제들도 성기사와 함께 영웅의 도착을 마중해 주었다.

세베리아는 이 모든 관심이 귀찮았다.

마음속에 그리고 있는 건 오직 그 파괴자에 대한 것뿐. 그자를 죽이지 않는 한 이 두근거림은 가라앉지 않을 테니까.

그렇다고 그들에게 화를 낼 수는 없다. 그것은 영웅의 의무였으니까. 모두에게 떠받들려지고 모두의 희망이 되어주는 것.

10년 동안 이 세계 최고의 영웅으로 추앙받아 온 라티스, 그 위대한 기사가 그러하듯.

세베리아를 축하하기 위한 불꽃놀이가 시작되었다. 남쪽 국경의 황량한 요새 도시에 불과하던 레핀에 모처럼 만에 활기가 찾아들었다. 수백 명쯤 되는 주민, 수천 명의 용병과 기사단원들이 중앙의 광장에 모여 축제를 시작했다.

하지만 축제는 그리 오래가지 못했다.

단단하던 요새의 벽이 허물어지고, 그곳에서 키가 3미터를 넘는 거인이 등장했다. 검은색으로 번들거리는 금속 갑옷을 걸친, 철의 뼈대와 핏줄을 가진 무시무시한 괴물, 골렘이 사람들에게 포효했다.

그 번뜩이는 붉은 눈에 사람들은 비명을 지르며 사방으로 흩어졌다. 간신히 남아 있는 100명가량의 기사와 30명의 성기사는 무기를 빼어 들고 골렘을 겨누었다. 하지만 누구 하나 먼저 나서지 않았다.

그들의 한가운데에,

세베리아는 검을 가로로 누인 채 의자에 앉아 있었다. 그녀를 대접하기 위한 음식이 채 식지도 않았다. 세베리아는 들고 있던 음료수 잔을 입가로 가져갔다.

기사들이 흘끔흘끔 세베리아에게 곁눈질을 했다. 골렘이 다가오는 소리가 쿵쿵 하고 울렸다.

저런 괴물을 상대로 우리가 뭘 할 수 있다는 겁니까?

영웅이시여!

그들의 간절한 눈빛을 아는지 모르는지 세베리아는 여전히 고개를 숙여 자신의 음료를 내려다보았다.

기사들이 뒷걸음질친다. 세베리아를 보호라도 하려는 듯 둘러싸고 있던 자들이 어느샌가 세베리아의 등 뒤로 숨었다. 넓게 퍼져 검을 세우고 있지만 싸우려는 의지는 없었다.

영웅이 있으니까.

이곳에 골렘 슬레이어이자 책에 가장 가까웠던 자가 있다!

골렘이 가까워진다. 육중한 발걸음은 더더욱 크게 울렸다. 몸에 은은한 진동마저 느껴졌다. 세베리아의 앞에 놓인 맑은 수프에 물결이 일었다.

10미터, 9미터……

기사들은 꿀꺽 침을 삼켰다. 더 이상 도망칠 수도 없었다. 영웅을 버려두고 기사라는 이름을 받은 전사들이 달아날 수는 없다. 바움 신을 모시는 성기사가 적에게 등을 보일 수는 없다.

5미터, 4미터…….

골렘은 세베리아를 향해 똑바로 걸어왔다. 이제 골렘과 세베리아 사이의 거리는 음식이 차려진 테이블 하나만큼뿐이었다.

그 붉은 눈이 세베리아를 노려본다. 살짝 벌어진 입 사이로 회백색 연기가 새어 나왔다. 그르릉― 낮은 목울음이 들린다.

세베리아는 그때까지도 음료수 잔에 눈을 고정하고 있었다. 호, 짤막히 한숨을 내뱉었다.

그 순간,

그녀의 왼손이 움직였다. 왕국의 비보 거검 에우로파가 검집을 빠져나오고, 하늘 높이 치솟았다.

골렘이 날카로운 손톱을 내뻗었다. 한 손은 하늘로 에우로파를 움켜쥐고, 다른 한 손은 세베리아의 가녀린 몸통을 노렸다.

세베리아의 왼손, 검은 가죽 장갑 아래에 검은 뱀이 꿈틀거린다. 그 힘은 골렘을 아득히 뛰어넘고 있다.

에우로파를 막으려 내뻗은 골렘의 팔이 세로로 갈라졌다. 에우로파가 만들어낸 균열은 그 어느 것으로도 막을 수 없었다. 폭풍을 일으키며 내리꽂히는 거검의 힘에 골렘은 그 자리에서 두 동강이 나버렸다.

단 일격이었다.

기사들은 에우로파가 움직이는 것조차 보지 못했다. 무언가 흐릿한 그림자는 본 것 같았지만 그것이 에우로파라는 것을 인식했을 때, 골렘은 이미 반으로 나뉘어 좌우로 쓰러지고 있었다.

고요했다.

다시 에우로파가 검집으로 돌아가고.

"잘 먹었습니다."

세베리아가 고개를 숙이고 자리에서 일어나는 그 순간까지 어느 누구도 입을 열지 못했다. 요새의 사령관, 기사, 사제, 성기사들, 그리고 저 멀리 달아나 창문을 빼꼼히 열어 요새 안의 풍경을 살피던 보통 사람 그 누구도.

세베리아가 몸을 돌려 기사들 가운데로 걸어 들어갔다. 침을 꿀꺽 삼키며 기사들은 좌우로 물러서 길을 터주었다.

그리고 터져 나온 것은 환호성.

케임델을 축복하고, 케임델의 수호신이 낳은 영웅을 칭송했다. 목청이 찢어져라 소리를 지르고, 다시 거리로 쏟아져 나와 괴성을 토해냈다.

"책에 가장 가까웠던 자여! 영원하소서! 케임델이여, 영원하소서!"

세베리아는 그 모든 것이 소음처럼만 느껴졌다.

감정이 마른다.

"거! 짓! 말!"

머리가 솟구쳐 오른 소녀가 발을 동동 굴렀다. 레핀 요새 성벽 그림자에 몸을 숨기고 골렘과 세베리아의 싸움을 본 쌍둥이는 전율했다.

"우리가 봤잖아. 거짓말이 아니야."

얌전한 머리칼의 소녀가 하는 말에 다른 소녀가 화를 냈다.

"그런 뜻이 아니잖아! 리아! 저 강철 인형은 바로 어제 만들었다고!"

"나도 알아, 디아. 그치만……."

"저건 있을 수 없는 일이야. 라티스님도 해낼 수 없어. 저건 불가능하다고!"

"……."

흥분한 디아를 리아는 조용히 바라보고 있었다.

"어떻게 강철 인형이 저렇게 허무하게 당할 수 있는 거지? 라티스님이 저 인형을 만들기 위해 얼마나 많은 시간을 허비했는지 알잖아. 프라우드 영감이 두 다리를 모두 잃는 사고를 당하면서까지 훔쳐 낸 지식이잖아. 우리가……."

"나도 알아. 디아, 나도 안다고."

리아의 말에 디아는 이를 우드득 갈았다.

"분명 프라우드의 멍청한 제자들 탓일 거야. 골렘의 갑옷을 소환하는 건 그들의 일이잖아. 갑옷이 형편없었던 거야.
강철이 아니라 흙이나 나무로 만든 걸 거야. 분명, 분명해!"

"디아의 말이 맞아. 그러니까 돌아가자. 라티스님의 명령
은 이미 해냈잖아. 우리가 이곳에서 더 할 일은 없어. 그분께
돌아가자. 돌아가서 모든 걸 말씀드리자."

침울한 표정으로 고개를 숙이는 리아. 길길이 날뛰던 디아
는 그녀의 그런 모습에 한풀 꺾여 고개를 끄덕거렸다.

"응, 알았어."

두 손을 깍지 껴 마주 잡고 입을 맞추었다. 뺨을 비비며 귓
가에 속삭인다. 모든 것을 버리고 얻은 힘. 머나먼 공간을 뛰
어넘을 수 있는 능력으로 쌍둥이는 바움의 기둥 너머 프라우
밀까지 도약했다.

한편, 골렘의 등장을 목격한 윈델은 노숙을 포기하고 레핀
요새를 등졌다.

"뭐야? 도망치려는 거야?!"

요나가 투덜거렸다.

"도망쳐야지."

"아저씨는 골렘과 싸울 수 있잖아. 그럼 싸워야지!"

요나의 말에 윈델은 그날을 떠올렸다. 그날, 자신은 골렘을
맨손으로 상대했다. 그리고 지금도 하려면 할 수 있을 것 같

왔다. 어떻게 아느냐 묻는다 해도 답해줄 수는 없었다. 단지 몸에 들끓고 있는 이 수많은 글자들이 그렇게 말하고 있었다.

머릿속에는 지금 이 순간에도 글이 떠오르고 있었다.

—저것은 고대로부터 비롯된 것.

—나무의 정령이리라. 파괴하고 짓밟으라. 너에게 이미 권능이 있나니.

—열세 페이지는 아직 그곳에 있도다.

애써 무시하고 윈델은 요나의 가방에 쉐도우 엘프의 투명 망토를 쑤셔 넣었다.

스무고개는 좀 더 나이를 먹고, 이를테면 한 일흔쯤 되어 머리가 하얘져 할 수 있는 일이 의자에 앉아 눈동자를 굴리는 것 정도일 때 할 생각이다. 특히 그것이 머릿속에 제멋대로 새겨지는 스무고개일 때는 더욱.

"저곳은 요새잖아. 골렘 하나 정도는 충분히 제압할 수 있어. 지금 괜히 나서서 붙잡힐 수는 없잖아."

"와! 이제 보니 아저씨, 착하지는 않구나?"

대놓고 하는 말에 윈델은 자신도 모르게 발끈했다.

"널 구하고 지금까지 데리고 다닌 게 누군데?"

"그야 발정이 났으니까."

"아니라니까! 누가 너 같은 꼬마한테!"

윈델이 먼저 북쪽으로 걸음을 내디뎠다. 요나가 입술을 삐죽이며 윈델의 뒤를 쫓았다.

"그럼 왜 나를 데리고 다니는 건데?"

"나도 몰라."

"착하지도 않고, 미친 데다가 모른다는 말만 하는 아저씨를 이대로 계속 따라다녀야 하나. 에휴."

요나가 깊게 한숨을 내쉬었다. 정작 한숨을 쉬고 싶은 게 누군데! 윈델은 속으로 이렇게 투덜거리며 먼 곳의 하늘을 올려다보았다.

이제 반나절이면 케임델 성이었다.

그곳에 간다면 정말로 모든 것이 해결될까?

아가씨는, 세베리아는 나를 알아봐 줄까?

아무것도 알 수 없는 이 상황이 저 하늘보다 깜깜하다. 윈델은 낮게 그림자 진 밤하늘에 짓눌려 점점 가슴이 답답해지는 것 같았다.

─엠베르크를 찾아라.

그 한마디가 다시 뇌리에 아로새겨진다.

찾아야 할까? 끊임없는 속삭임은 한 발씩 당위(當爲)가 된다.

3

윈델은 후드를 깊게 눌러썼다. 무슨 이유인지는 모르겠지만, 이마의 문자를 가리면 다른 곳에 문자가 나타난다. 다행히 후드에는 문자도 반응하지 않았고, 대강이나마 늘 문제를 일으키는 이마의 낙인을 가릴 수 있었다.

태양은 주홍색. 아직 정오에 못 미치는 시간대였다.

다시 케임델을 밟은 윈델은 감회가 새로웠다. 성을 떠나 있던 시간은 고작 1년에 불과했지만, 10년은 족히 지난 느낌이다.

태어난 곳이 성에서 동쪽으로 2킬로미터쯤 떨어진 쓰레기산이었고, 10대를 보낸 곳이 이 케임델 성이다.

후드를 깊게 눌러쓴 사람은 주목을 받기 마련이다. 지나던 사람들이 흘끗거리며 윈델을 쳐다본다.

하지만 경비들조차도 윈델을 멈춰 세우지는 않았다. 가장 큰 도움이 된 것은 요나였다. 어린 소녀와 함께 걷다 보니 어느 정도 믿음을 준 모양이다.

윈델이 이곳의 지리를 잘 알고 있다는 점도 사람들이 그를 덜 의심하게 했다. 고개를 숙이고 빠른 걸음으로 걷는 사람을 불러 세운다는 게 그리 쉬운 일은 아니다.

윈델이 가장 먼저 찾은 곳은 그 자신의 집, 뷔렛 저택이었다.

"너는 어떻게 하고 있을래?"

인적이 드문 골목에서 요나에게 물었다. 요나는 윈델을 빤히 올려다보았다.

"응……."

"카페에서 기다릴래? 간단한 식사도 되고, 차를 마실 수 있는 곳이야."

요나는 여전히 윈델을 뚫어져라 쳐다보았다. 툭 한마디 한다.

"돈은?"

"그냥 여기서 기다릴래?"

"카페."

"돈 없어."

"말을 꺼내지 마."

"미안. 생각이 짧았어."

윈델은 얼굴이 화끈거렸다. 이렇게까지 한심한 인생은 아니었는데. 케임델 성에서 지낼 때만 해도 귀족 가문의 하인으로 수입도 제법 짭짤했었다.

요나가 한숨을 내쉬고 주위를 둘러보았다. 골목 한쪽에 화초와 초목이 우거진 구역이 눈에 들어왔다. 벤치와 작은 인공

샘도 있었다.

"공원에 있을래?"

윈델이 요나의 시선을 눈치 채고 이렇게 물었다. 요나는 고개를 끄덕였다.

"응."

"그네도 있어. 한 번도 타본 적 없지?"

윈델은 요나를 이끌고 공원으로 향했다. 주택가에 있는 소공원으로 아이들을 위한 놀이 시설 몇 개와 간단한 산책로가 소담스레 배치되어 있었다.

"여기 앉아봐."

윈델이 그네 곁으로 다가갔다. 요나가 고개를 끄덕이며 윈델이 손짓한 그네 의자에 엉덩이를 올렸다.

윈델이 살짝 그녀의 등을 떠밀고, 요나는 깜짝 놀라 그네 줄에 엉겨 매달렸다.

"뭐, 뭐야!"

"무서워하지 마."

"그, 그치만……."

요나는 진정이 안 되는 모양이었다. 여전히 그네 줄을 꼭 안고 떨어지지 않았다. 그 모습에 윈델의 장난기가 발동했다. 요나의 등을 미는 손에 점점 힘이 들어간다.

요나의 입에서 나오는 말이 조금씩 거칠어졌다. 뭐라 중얼

중얼거리는데 열에 아홉은 흘겨듣기 힘든 거친 말들이었다.

윈델의 입가에 미소가 짙어졌다. 그네 정도에 이렇게 겁먹다니, 어린아이는 어린아이다. 물론 지금 뱉고 있는 말들은 사오십 먹은 아저씨들이나 할 법한 걸쭉한 육두문자였지만.

더 심한 말 나올까 싶어 윈델은 요나를 떠밀던 손을 멈추었다.

"주, 죽여 버릴 거야."

서서히 멈춰 서는 그네에서 흰눈으로 노려본다.

"재미있지 않아?"

뻔뻔하게 묻는 말에 요나가 윈델에게 발길질을 했다. 하지만 그네에 앉아 하는 발길질이 제대로 먹힐 리 없다. 괜한 짓에 그네가 요동을 치며 빙그르 돌았고, 요나는 깜짝 놀라 다시 그네 줄을 껴안았다.

"하하하!"

"웃지 마!"

얼굴이 시뻘게져 요나가 윈델을 쏘아보았다. 윈델은 그런 요나의 머리를 토닥토닥 두들겼다.

"덕분에 긴장이 많이 풀렸어. 여기서 기다리고 있어. 친구들을 좀 만나고 올게. 아가씨도. 설마 아직까지도 날 못 알아보는 건 아니겠지?"

"흥, 못 알아볼걸? 알아봐도 못 알아보는 척할 거다!"

요나의 말에 윈델은 쓴웃음을 지었다.

"그럴 리 없어. 금방 갔다 올게. 아무 일 없으면 너도 같이 뷔렛 저택에 가자. 여차하면 나처럼 하녀로 일해도 되고."

"흥! 누가?"

요나가 코웃음 친다. 하지만 정말 싫지는 않은 모양이다. 쓰레기산에 사는 것과 귀족 가문에서 일하는 것 어느 쪽을 택할 거냐는 물음은 우문(愚問)이다.

"그럼 갔다 올게."

요나는 윈델의 뒷모습을 보며 발을 슬쩍 밀었다. 그네에 실린 몸이 흔들린다. 살랑살랑 뒷머리가 춤추고, 담담한 바람에 뺨이 시원하다.

그네가 썩 기분 나쁜 건 아니다.

그가 멀어져 갔다. 그 없이 홀로 있는 놀이터는……

어딘가 쓸쓸했다.

"얼른 와."

조그맣게 중얼거린 말이 들렸나? 윈델이 손을 슬쩍 들어 올린다.

윈델은 속으로 중얼거렸다.

'잊었을 리 없다. 잊었을 리 없다.'

불안감은 내내 품고 있었다. 책을 손에 넣었을 때, 그 순간의 세베리아의 얼굴은 평생 잊지 못할 것이다. 기사단의 어느 누구도 자신을 알아보지 못했다.

거울로 다시 본 자신의 얼굴은 예전 그대로였다. 머리카락 색이 바뀌었다거나 얼굴에 작은 낙서가 생긴 것 정도로 10년간 한시도 떨어지지 않았던 세베리아가 자신을 못 알아볼 리 없다.

무슨 일이 생긴 거라면 그건 책 때문이다.

그 무슨 일이라는 게 뭘까?

세베리아와 기사단, 당시 그곳에 있던 사람들의 기억에 혼돈을 준 걸까? 과거 전설로만 남아 있는 정신을 조작한다는 마법 같은 것에 당한 걸까? 아군끼리 서로 공격하게 만든다는 그런 유의 환각에?

'그런 거라면……'

윈델이 있었음을 증명해 줄 사람은 이 세상에 얼마든지 있다. 케임델 성에서만도 수백은 될 사람이 윈델을 기억하고 있을 것이다.

친했던 사람을 그중 꼽으라고 해도…….

윈델이 한숨을 쉬었다.

불안한 거다. 친한 사람들을 속으로 곱씹고 또 되새김하는 건 불안하기 때문이었다.

만약 세상 모두가 자신을 잊은 거라면?

세베리아가 잊었는데 그 누가 기억해 줄까. 윈델 퀴렌스라는 쓰레기산 출신 고아를.

끔찍하다. 알고 있던 모든 사람이 자신을 잊었다는 생각을 하는 것만으로도 가슴이 쿵쾅거렸다.

아니, 다른 사람 따위, 솔직히 말하면 상관없다. 자신을 잊어버리든 말든. 그들이 기억해 주길 바라는 건 어디까지나 세베리아의 잃어버린 기억을 되찾기 위해서다. 모두가 기억하고 세베리아 홀로 잊었다면, 그들의 도움을 얻어 그녀의 기억을 되살릴 수 있을 테니까.

하지만 모두가 잊었다면, 그리고 세베리아도 자신을 기억하지 못한다면…….

세베리아가 영영 자신을 잊는다면?

세계는,

지옥이다.

어느새 뷔렛 저택이 저기 보인다.

창살 담을 세운, 유난히 신록으로 우거진 저택이다. 과거에는 케임델 성에서 손꼽히는 귀족 가문이었지만 요 십 몇 년간 불행이 겹쳐 가세가 상당히 기울었다.

그래도 귀족은 귀족이라 10여 년간 얼마간 체면치레는 할 수 있었다.

물론 지금은 상황이 완전히 달랐다. 이 가문의 현 주인 세베리아 뷔렛이야말로 케임델이 자랑하는 영웅이었으니까.

그래서일까, 윈델은 뷔렛 저택의 공기가 익숙하면서도 얼마간 낯설게 느껴졌다. 정문에는 경비까지 네 명이나 서 있고, 제멋대로 웃자라기만 했던 정원수도 깔끔하게 정리되어 있다.

무엇보다 정문 주변에 사람이 많았다. 수십 명은 될 듯한 행인이 구경꾼이라도 되는 양 모여 웅성거리고 있었다.

그 변화가 익숙지 않아설까. 윈델은 정문으로 집 안에 들어가야겠다는 생각을 버렸다. 저 저택에 대해서는 현관에서 개구멍까지 모두 알고 있으니 굳이 정문을 고집할 필요도 없다.

후문 쪽으로 걸음을 옮겼다.

도시계획 따위 단어조차 없는 세계였고, 구불구불한 골목은 미로처럼 얽혀 있었다. 하지만 윈델은 제집 드나들 듯, 사실이었지만 그 길을 따라 뷔렛 저택의 후문에 도착했다.

역시 열려 있다. 뒷문 단속은 제대로 하는 게 좋을 것 같은데. 늘 그렇게 건의했지만 집사 위릴은 정육업자나 야채상들이 드나들고, 하인 하녀들이 수시로 다니는 길이라며 한사코 말을 듣지 않았다.

덕분에 이렇게 아무런 제지 없이 들어갈 수 있지만.

들어서자마자 마주친 곳은 저택의 후원이었다. 후원(後園)

이라는 이름이 풍기는 정원 같은 풍경은 온데간데없는, 이를 테면 잡종지 같은 곳이었다. 빨래를 하고 너는 곳이고, 동시에 식자재를 다듬고 창고에 들어가기 전의 물품이니 노적가리니, 아무튼 복잡했다.

윈델이 깜짝 놀라 멈춰 섰다. 빨래 통을 든 여자 둘과 정면으로 마주친 것이다. 아는 얼굴이다.

"베티, 로마, 오랜만이야."

윈델은 활짝 웃으며 손 인사를 했다. 두 여자가 싱긋 웃는다. 그중 하나가 윈델에게 물었다.

"아, 오랜만이야. 어떻게 지냈어?"

"알면서 뭘. 고생 좀 했지."

최대한 자연스럽게 윈델은 그녀들의 곁을 스쳐 저택 안 더 깊은 곳으로 향했다. 짤막한 인사 몇 마디였지만, 윈델은 어쩐지 눈물이 날 것 같이 격양됐다.

잊지 않았다!

요 며칠간의 걱정이 눈 녹듯 사라진다.

한편, 윈델과 스친 두 하녀 베티와 로마는 빨래를 평상에 내려놓고 빨랫줄을 아래로 늘려 내렸다.

한참 동안 일에 집중하다가 문득 베티가 입을 열었다.

"그런데 누구였지?"

"웅? 어? 베티가 알고 지내던 사람 아니야?"

"아니. 난 또 네가 알고 있는 줄 알았지. 반갑게 인사하기에 나도 소개받은 적이 있나? 싶어서 말을 건넸던 거야."

"그럼 도대체 누구야?"

베티와 로마는 소름이 돋았다. 어째서 모르는 사람이 자신들의 이름을 기억하고 있는 거지!?

게다가 이 뒷문은 아는 사람만 아는 제법 은밀한 통로다.

"어쩌지?"

"어쩌긴, 경비대에 알려야지!"

"분명 도둑이나 강도 같은 나쁜 놈일 거야. 도둑놈들은 연기도 잘한다더니… 감쪽같이 속아 넘어갔지 뭐야!"

두 여인은 그 길로 저택의 외벽 쪽에 기대어 있는 경비대의 별채로 향했다. 한동안 빈 건물이었는데, 세베리아 아가씨가 영웅의 칭호를 받으며 받게 된 연금으로 경비원들을 고용한 터였다.

두 여인이 안도의 한숨을 내쉰 것은 뷔렛 저택의 경비를 총책임지고 있는 메길에게 불심자의 침입을 보고한 후였다.

윈델은 부엌으로 이어진 문을 지나 저택 안으로 들어갔다.

'기억하고 있잖아. 역시 기우였다니까.'

안심이 되어서일까, 윈델은 어깨의 긴장이 스르륵 풀리는 듯했다. 후드도 뒤로 젖혔다. 나를 아는 사람들 속에 있는데 머리색이니 이마의 낙인 따위 무슨 상관이람? 뭐냐 물어보면 몰라, 그냥 생겼어, 하고 답하면 그만이다.

갑자기 피로가 몰려온다. 배도 고프고 해서 식탁에 있는 과일 하나를 들어 입에 물었다. 저택 안 모든 잡일을 맡아하는 유일한 하녀 베티와 로마가 자리를 비운 지금 과일을 집어 먹는다고 타박할 사람은 아무도 없었다.

아, 위릴한테는 혼날지도 모른다. 말로는 아들처럼 생각한다면서 하인으로서의 본분을 잊은 행동에는 하나같이 따끔한 일침을 내린다.

하여간 고지식한…….

우걱우걱 과일을 씹으며 윈델은 2층으로 이어진 계단으로 향했다. 저택 안의 느낌도 많이 변했다. 전의 묵직하던 공기가 거의 사라졌다.

저택이 그랬던 건 세베리아 아가씨의 성격 탓도 있었지만, 대부분은 '예산상'의 문제였다. 벽의 색을 보니 회벽 칠을 다시 한 모양이다. 인테리어도 조금 바뀌었다.

"위릴 아저씨, 어디 투자한 데서 금광이라도 나왔나?"

당연한 일이지만 저택의 자금은 위릴이 쥐고 있었다. 뭔가 변화가 생겼다면 위릴이 해낸 거다.

중얼거리며 윈델은 난간에 손을 집고 위로 올라갔다. 먼지 한 톨 없는, 맨질맨질한 계단 난간은 나가기 전이나 지금이나 똑같았다.

"내 방에나 가볼까."

세베리아 개인이 부리는 하인이었던 윈델의 숙소는 2층에 마련되어 있었다. 2층의 복도에 들어서자마자 낯선 얼굴이 하나 보였다. 열일고여덟쯤 되어 보이는 소년이었는데 열심히 바닥을 닦는 중이다.

"누구……."

소년은 윈델의 등장에 놀라며 걸레 자루를 움켜쥐었다. 잔뜩 경계하는 표정이다. 윈델이 웃음으로 그에게 인사를 건넸다.

"아, 놀라지 마. 이곳에서 일하고 있는 윈델이야. 오랫동안 집을 비웠다가 이제 돌아오는 거야."

"윈델?"

"그래. 10년 선배니까, 나이가 몇 살 차이 안 나도 맞먹으면 안 되느니라. 히히."

윈델은 그 소년의 어깨를 툭툭 치며 자신의 방으로 향했다. 남자 하인도 하나 고용하고 정말 위릴 아저씨가 어디서 대박을 친 모양이다.

윈델이 방문 앞에 섰다. 1년 만이다.

그때도 원정과 원정 사이의 열흘 남짓한 휴가였다. 아마 방 안의 풍경은 3년 전 원정을 떠났을 그때 그대로일 것이다.

문고리를 잡아 돌렸다. 딸깍 소리가 난다. 막 문을 열려는 순간, 우당탕 하는 소리가 저택 안에 울렸다.

"샅샅이 뒤져라! 외부인이 침입했다!"

윈델 옆에 있던 소년이 외쳤다.

"여기예요! 여기에 수상한 사람이 있어요! 죄인의 낙인을 하고… 이곳의 하인이라고 거짓말을 하고 있어요!"

윈델은 당황했다.

"야, 인마! 맞다니까! 위릴 아저씨한테 물어봐!"

"거짓말! 윈델이라는 이름 따위 들어본 적 없어! 그리고 그 방은 세베리아 아가씨가 소중하게 여겼던 사람의 방이라고 했어! 얼마 전 영영 잃어버린! 그래서 지금은……."

윈델이 문을 활짝 열었다.

방은 비어 있다. 10년을 한결같이 뒹굴었던 침대, 마법을 공부할 때 앉았던 책상과 책꽂이, 늘 세베리아 아가씨가 등 기대어 앉았던 흔들의자. 그곳에서 그녀는 저 창밖을 보는 것을 좋아했다.

툭툭 뱉는 짧은 말들이 가장 소중한 기억들인데…….

소란스런 걸음 소리가 들리고 무장을 한 병사들이 달려든다. 윈델은 방문 앞에 서서 텅 비어버린 하얀 방을 멍하니 응시하고 있었다.

팔을 붙잡고 어깨를 눌렀다. 칼날로 목을 겨누었다. 하지만 윈델은 그따위 것에 시선조차 주지 않았다.

머릿속이 텅 비어 움직일 수조차 없었다. 병사들이 흔드는 통에 손에 들고 있던 과일이 땅에 떨어졌다. 한입 베어 문 과일은 탱그르르 바닥을 구르고, 계단 아래까지 굴러 내려갔다.

그때까지도 윈델은 멍하기만 했다. 병사들이 그의 팔을 뒤로 묶고 무릎을 꿇릴 때도.

병사들이 그의 머리를 짓눌렀다. 이마가 땅에 닿았다. 윈델이 소리 질렀다.

"나는 윈델이라고! 윈델 퀴렌스! 이 저택에서 10년간 일해 온 나야! 베티와 로마는 날 알아봤어!"

병사가 으르렁거렸다.

"조용히 해! 수상한 사람이 들어왔다고 신고한 게 그녀들이야."

"거짓말!"

병사가 윈델의 옆구리를 창대로 후려쳤다. 윈델은 이미 통증을 잃어버린 지 오래다. 하지만 아팠다.

"조용히 하라니까!"

"위릴 아저씨를 불러줘! 그가 나를 잊을 리 없어!"

"집사님도 이미 이곳에 계신다!"

윈델이 고개를 돌렸다. 병사가 짓누르고 있었지만, 윈델의 목 힘을 이기지 못해 오히려 밀려났다.

위릴의 모습이 보였다. 하지만 윈델은 위릴의 눈동자를 보
자 어깨에 힘이 쑥 빠지는 듯했다.

저 눈빛, 저건 세베리아가 지어 보였던 그것과 똑같았다.

―너는 누구냐?

윈델은 더 이상 위릴의 시선과 마주칠 힘이 없었다.

될 대로 되라지.

축 늘어진 윈델을 경비대가 끌어 치안대에 넘겼다. 신고를
받고 출동해 있던 치안대가 윈델을 구치소에 가둘 때까지 그
는 무기력하게 끌려 다니고만 있었다.

"늦네."

요나가 중얼거린다. 해가 주홍에서 금색으로 바뀌려 한다.

4

이단심문관 마르케는 신탁전(神託展)의 부름을 받았다.

올해로 마흔다섯이 된 그는 이단심문관 중에서는 자애롭
기로 소문이 나 있었다. 그에게 심문받은 이교도, 배교자들
중에 죽은 사람은 지금까지 단 한 명도 없으니까.

심문받는 대상이 그를 자애롭게 느낄지는 이론의 여지가
있었지만.

똑똑—

육중한 문 너머에 있는 풍경을 잠시 그리며 마르케는 짧게 심호흡을 했다. 바움 신앙의 도그마라 할 수 있는 곳이 바로 이곳 신탁전이다. 바움 신이 직접 인간들에게 말씀을 베푸는, 세계에 다섯 곳이 채 안 되는 성스러운 장소다.

문이 열렸다. 젊은 여인이 그곳에 있었다. 마르케는 깜짝 놀라 한쪽 무릎을 꿇었다.

"대무녀(大巫女)님!"

"일어나세요, 마르케님."

마르케는 설마 대무녀가 직접 문을 열어줄 거라고는 상상도 못했다. 그리고 그것은 그만큼 중요한 일이라는 것을 방중했다.

대무녀는 세계를 통틀어 단 네 명 있었다. 신탁을 직접 들을 수 있는 유일한 존재들로, 그녀들만이 신탁의 글자들을 읽을 수 있었다.

케임델 왕성의 어린가지사원, 그곳에서도 가장 지고한 위치에 있는 것이 바로 이 25세의 여인 세렛이었다. 세렛은 마르케에게 다시 일어나라고 이야기했고, 그제야 마르케가 허리를 굽힌 채 자리에서 일어났다.

"들어오세요."

"네, 대무녀님."

교단 내에서 제법 지위가 높았지만, 신탁전은 여전히 어렵기 그지없다. 공기 밀도가 외부의 백 배는 되는 건지 숨 쉬는 것조차 힘들었다. 마르케는 간신히 숨을 마시고 또 내쉬며 대무녀의 뒤를 쫓았다.

신탁전이라는 거창한 이름치고 방은 그리 넓지 않았다. 바움 신의 줄기 하나가 작은 강당을 비껴 지르고, 그 가지 사이에 백과사전 크기의 수정질(水晶質) 면이 하나 있을 뿐이다.

그 외의 공간은 모두 대무녀가 일상을 보내는 데 필요한 것들로 채워져 있었다, 그녀가 마르케를 안내한 티테이블 같은.

평상시 신탁이 내려지는 바움의 가지는 은색의 장막으로 가려져 있다. 하지만 오늘은 커튼이 좌우로 활짝 열려 있었고, 마르케는 다시 한 번 걸음을 멈춰 서서 절을 해야 했다.

대무녀 세렛이 한 걸음 물러서 마르케의 기도를 기다렸고, 마르케는 바움을 찬미하는 기도를 읊조리고 나서야 세렛이 마련한 티테이블에 앉을 수 있었다.

"무슨 일로 부르셨습니까?"

차 한잔하자고 불렀을 리 없다. 마르케는 가시방석 같은 자리에서 얼른 일어나고 싶었다.

"일이 있습니다."

"심문… 입니까?"

심문관을 불렀으니 심문이겠지. 마르케의 질문은 바보스

러웠지만, 세렛은 그 점을 굳이 지적하지 않았다.

"네, 그렇습니다."

"누구를……. 누군데 대무녀님이 직접 제게 말씀하시는 것입니까? 설마 유토피아(Utopia)의 총수라도 잡힌 것입니까?"

유토피아의 총수.

유토피아는 본래 이상향을 뜻하는 말이다. 바움이라는 나무 아래 갇혀 지내듯 살아가기보다는 붉은 사막 바다 너머에 있는 이상향을 찾아 떠나자는, 일종의 반바움주의자들이었다. 바움교의 가장 큰 적이기도 했다.

"그건… 세속의 다툼일 뿐입니다."

세렛이 찻잔을 입에 가져갔다. 그녀의 말에 마르케가 어깨를 움찔했다. 대무녀는 바움님을 무시하는 도당들조차 그저 '속(俗)'일 뿐이라 신경 쓰지 않는다. 그 태도에 마르케는 자신이 작아지는 것처럼 느껴졌다.

"그럼……."

마르케가 다시 추측을 입 밖에 내려 했다. 유토피아보다도 더 큰일, 그것도 대무녀가 직접 신경을 써야 할 일이라면…….

"설마… 아니, 정말입니까? 파괴자에 관한 일입니까?!"

마르케의 손끝이 벌벌 떨렸다. 찻잔을 서둘러 내려놓았지만 컵받침에 차가 몇 방울 튀었다.

"신탁이 있었습니다. 그자, 그자는 죽어 마땅하니 반드시 죽이라. 그자는 책을 가지고 있으니 반드시 찢으라. 한 시간 전에 내린 신탁입니다."

마르케의 떨림이 점점 커져 이제는 어깨까지 부들부들 떨었다.

파괴자, 그가 잡힌 것이다. 그 심문을 자신에게 맡기겠다고 대무녀님이 말씀하고 계신다.

전율, 경이 섞인 떨림이 온몸을 관통했다. 이단심문관으로서 지금까지 맡았던, 그리고 앞으로 맡을 어떤 일도 이것에 비하면 하찮을 것이다.

"파괴자가… 어떻게 된 것입니까?"

그 물음에 세릿은 차로 입술을 축였다.

"그가… 정말 파괴자인지는 모릅니다. 다만 신탁이 내린 시점에 그가 체포되었고, 그가 수상한 책을 가방에 가지고 있습니다. 지금 파괴자의 얼굴을 알고 있는 사람들을 급히 소환했습니다."

"그럼 책에 가장 가까웠던 자도……."

"그분은 조금 먼 곳에 계셔서 도착하는 데 시간이 걸릴 것 같습니다."

"아!"

"하지만 다른 용사 분들도 파괴자의 얼굴을 어렴풋이나마 기억하고 있습니다. 그분들의 증언만 얻을 수 있다면 파괴자로서 심문하는 게 가능할 것 같습니다.”

마르케의 눈동자가 충혈되었다. 혈관이 부푼 것이다. 흥분이 지나칠 정도였다.

세릿이 그 모습에 짤막한 한숨을 쉬었다.

“이번 심문에는 저도 참가할 생각입니다.”

“영광입니다!”

마르케는 세릿에게 고개를 숙였다. 세릿의 시선이 다시 신탁의 수정으로 향했다. 액자처럼 놓여 있는 그것에는 같은 문자가 또다시 떠오르고 있었다.

―그자를 죽이고, 그것을 찢으라.

문득 이상한 생각이 들었다.

왜 전지전능한 바움께서 이토록 두려워하시는 걸까? 도대체 파괴자란 무엇이란 말인가? 누구기에 세계를 뒤덮고 있는 나무를 불태울 수 있다는 건가?

땅에 솟은 뿌리가 산맥이 되고, 가지 틈, 해 든 곳이, 왕국이 깃든 세계의 기둥을 그 누가 있어 불태울 수 있을까?

치안대에 붙잡힌 남자가?

도무지 수긍할 수 없는 이야기들에 가벼운 현기증을 느꼈다. 세릿은 다시 찻잔에 입술을 가져갔다.

　이 순간, 윈델은 의자에 묶여 있었다.

　음습한 지하 방의 퀴퀴한 냄새가 콧속 깊숙이 파고든다. 눈은 침침하고 귓전에 날벌레 소리가 끊이지 않는다.

　하지만 관심없다.

　한 방 크게 얻어맞아 그로기 상태가 된 마음에 비하면 그따위는 신경도 쓰이지 않는다.

　혹시 했던 것이 설마하다 결국 진짜가 되었다.

　뷔렛 저택의 어느 누구도 자신을 알아보지 못했다. 심지어 방 안에 남아 있던 자신의 흔적조차 어디론가 치워 버렸다. 세베리아도, 위릴도, 그 어느 누구도 '윈델'의 이름을 기억하지 못한다.

　그럼 이 세계에 '윈델'이 있음은 누가 증명해 줄까?

　정말 단 한 명도 없을까?

　문득 떠오른 생각에 윈델은 쓴웃음을 지었다. 그따위 것, 세베리아가 자신을 기억하지 못한다면 아무 의미도 없다.

　열 살. 쓰레기산에서 도망쳐 나와 다시 쓰레기더미를 뒤지던 자신을 거두어주었던 그녀.

　아홉 살 나이의 그녀는 장례식장에서 돌아오는 길이었다. 벌게진 눈동자는 이미 눈물이 말라 있었다. 살쾡이 같던 그 눈빛에 윈델은 반했다.

아홉 살이고 또 열 살이던 두 사람. 세상에서 그 무엇도 할 수 없는 어린 나이였지만, 그때 이미 둘은 세계를 향해 나아가고 있었다. 마주, 또 나란히 서서.

"코네리아를 세계가 기억하게 하겠어."

윈델이 중얼거렸다. 세베리아의 꿈. 윈델이 그 꿈을 처음 들었을 때, 가벼운 떨림이 온몸에 퍼져 나갔다. 정말 기분 좋은 떨림이었다.

코네리아의 이름을 기억하는 건 고작 한 줌이었으니까. 그 무시무시한 재앙에, 케임델 대축복에 죽은 수만 명 중 하나일 뿐인 그녀를 기억하는 건 손에 꼽을 정도로 적은 사람뿐이었다.

세베리아는 그것이 분했던 거다. 너무나 소중했던 언니의, 그녀의 죽음이 이렇게나 가볍다는 것에 아홉 살의 세베리아는 분노했다.

그리고 말했다.

"너와 나, 우리는 서로를 언제까지나 기억하자. 결코 잊지 말자."

"거짓말쟁이."

윈델이 중얼거린다. 고개를 푹 숙인다.

지난 일, 지금 일어나고 있는 일, 그리고 일어날 일. 머릿속에 아무것도 떠오르지 않았다.

그저 생각하고 있는 건 아픔. 세계로부터, 그리고 세베리아로부터 잊혔다는 그 사실 하나뿐.

여기 이 어두침침한 방에서 이대로 말라 죽었으면.

그런 윈델의 머리에 문자들이 외쳤다.

—엠베르크를 찾으라!

이대로 말라…….

세베리아는 흥분했다.

찾았다는 건가? 그 남자를?

말머리를 돌려 달렸다.

부디 내가 도착할 때까지 그가 죽지 않았기를.

그래서 내가 죽일 수 있기를!

Chapter 06
유토피아

Unterbaum

운터바움

1

마르케는 눈앞의 남자를 훑어보았다. 머리카락의 끝에서 발가락까지. 얇은 죄수복 바지만을 입고 있는 그는 그저 삶의 의욕을 잃고 축 늘어진 살덩어리에 불과했다.

이자가 정말로…….

아직 고문을 할 것 없다. 처음은 어디까지나 신사답게. 그 것이 이 세계를 파괴할 목적으로 책을 가져간 자라 할지라도.

"이름은?"

"윈델."

"성은 없는가?"

“윈델 퀴렌스.”

“나이는?”

“스물.”

마르케의 물음에 남자 윈델은 순순히 대답했다. 말은 주저 없었고, 너무나 술술 나오는 그 답변에 오히려 믿음이 가지 않았다.

마르케가 뒤를 봤다. 심문실의 공기에 코가 괴롭다는 듯 면사포로 가린 얼굴 위에 손수건 쥔 손을 대고 있는 여성의 눈치를 살폈다.

그녀의 눈에서 정보를 읽어내는 데 실패했다. 이 정도로 괜찮은 걸까? 마르케는 다시 윈델에게 눈을 돌렸다.

윈델은 뒤로 묶인 채 의자에 고정되어 있는 손목이 불편하게 느껴졌다. 천장 아래 사슬 같은 것이 늘어진 심문실에 앉아 떠올리고 있는 게 그 정도였다.

이 손목이나 풀어주지. 윈델이 손목에 힘을 주었다. 하지만 골렘과 비등하게 싸웠던 초인적인 힘은 더 이상 나오지 않았다. 그냥 마법사였던 윈델보다 좀더 골격이 단단할 뿐.

“이 책을 얻은 경로는?”

윈델의 허리 가방에 들어 있던 책을 이단심문관 마르케가 들어 올렸다. 윈델은 제삼자라도 되는 양 담담히 그 모습을 바라봤다.

“책 원정대에 참가했어. 열 번은 더 이야기한 것 같은데.”

“책 원정대는 어느 것을 말하는 건가? 모든 나라에서 하나 이상의 원정대를 출정시켰다.”

“케임델 제1원정대.”

“거짓말!”

그때, 뒤에서 자리를 지키고 있던 남자가 지팡이 끝을 윈델에게 뻗었다. 바로 케임델 제1원정대의 단장을 맡았던 게르함스였다.

“내가 그 원정대의 단장이었다. 하지만 너는 본 적 없어!”

윈델이 원정대원들에게 눈을 돌렸다. 윈델이 책을 가져간 자임을 증명하기 위해 모인 원정대의 생존자들이다. 하나같이 낯익은 얼굴들이었지만 반가운 것은 윈델뿐이었다.

윈델이 갑자기 핏대를 세우며 소리쳤다.

“세베리아 뷔렛 아가씨를 모시던 종자가 바로 나 윈델이라고! 윈델 퀴렌스! 어느 누구도 나를 기억하지 못하는 거야! 제길!”

대원들을 하나하나 노려보았다. 하지만 그들은 하나같이 윈델을 ‘적’으로서 대할 뿐이었다.

“얌전히 굴어라!”

심문관 마르케의 묵직한 음성이 울렸다. 윈델의 좌우로 서 있던 간수들이 수십 갈래로 매듭진 가시 채찍을 윈델의 등에 내려쳤다.

보통 인간이라면 그 채찍질에 살점이 뜯겨 나가고 피가 흘렀겠지만, 윈델의 몸에는 붉은 금조차 가지 않았다.

그 모습에 참관인들이 웅성거렸다. 대무녀 세렛의 얼굴색도 바뀌었다.

윈델은 맞는 것엔 아랑곳 않았다.

"게르함스 단장, 말해봐. 가시칼바람 동굴 중간쯤에서 내 등 뒤를 노리던 골렘의 일격을 대신 받아주며 말했잖아. 살아 돌아가면 너도 이제 스물이니 같이 술 한잔하자고! 기억 안 나는 거야?"

게르함스는 윈델의 말에 눈동자를 끔벅였다. 그런 일, 기억 속에 전혀 없다.

"이메딤 씨, 내 마법의 부족한 부분을 몇날 며칠에 걸쳐 지적하고 또 고쳐 줬잖아요! 내가 고맙다고 하니까, 우리 원정대의 전투력을 높이기 위해서라고 무뚝뚝하게 한마디 대답했던 거 나는 아직도 기억하고 있어요!"

이메딤이라 불린 마법사에게 사람들의 시선이 모였다. 하지만 이메딤은 고개를 가로저었다. 그의 반응은 단지 이 한마디였다.

"어떻게 내 이름을 알고 있는 건지……."

"모두들 환각상태에 빠지기라도 한 거야!? 왜 아무도 나를 기억하지 못하는 거야?!"

답답함에 가슴이라도 치고 싶었지만 묶인 손이 방해한다. 갈 곳 잃은 분노가 갑자기 사그라진 것은 포기했기 때문일 테다.

"전부 미친 거야, 아니면 내가 미친 거야?"

윈델은 목청을 낮추고 고개를 숙였다. 통증조차 느껴지지 않는 채찍질이 아직도 계속되고 있었다. 마르케가 손을 들어 간수들을 멈추게 했다.

정말 이상하기 짝이 없는 광경이었다. 마르케는 수많은 이단자, 이교도, 배교자들을 다루었다. 개중에는 마약을 너무 많이 먹었거나, 혹은 신앙의 황홀경에 빠져 통증을 느끼지 못하는 사람도 있었다.

하지만 이 경우는 전혀 달랐다. 아예 아프지 않은 듯 보였다.

"흠흠, 어떻게 원정대원들의 이름을 알고 있지?"

윈델이 다시 축 늘어진다. 힘없는 목소리로 답했다.

"나도 대원이었으니까."

"원정대들이 보는 앞에서 그런 거짓말을 하다니……. 이곳은 바움 신전이다. 나는 신의 명을 받아 너를 심문하는 중이다. 이곳에서의 위증은 결코 작지 않은 죄이니 죄인은 바른 대로 대답하라!"

"그럼 내 머리통을 깨부수고 그 안을 들여다보든지? 나는 그렇게 기억하고 있어서 그렇게 답하는 것뿐이야."

윈델이 될 대로 되라는 듯 내뱉었다. 불경스러운 말투에 참관인들 몇몇이 혀를 차며 손가락질을 한다.

마르케가 다시 심문을 이어가려는 순간, 그의 뒤쪽에서 청량한 여인의 목소리가 울렸다.

"이단심문관님, 제가 잠시 그자에게 말을 해도 괜찮을까요?"

대무녀 세렛이 자리에서 일어났다. 대심문관은 허리를 굽혀 그녀의 말에 답했다.

"물론입니다. 하나 교활하고 사악한 자입니다. 자칫 성녀님께 불경한 말이라도 한다면……."

"세속의 말로 제 귀는 더러워지지 않는답니다. 걱정 마십시오."

세렛이 심문관을 지나 윈델 앞에 섰다. 통증을 느끼지 않는 특이체질인 것 같지만, 소 힘줄과 철사를 꼬아 만든 오랏줄을 풀지 못하는 걸 보면 신력(神力)을 가지고 있는 것 같지도 않았다.

책, 그 책이 또 문제다.

책이라고는 하지만 글자 하나 적혀 있지 않은 백지 뭉치에 불과했다. 무슨 불경한 내용이라도 적혀 있으면 모를까, 그 책이 신탁에서 얘기한 책이라는 증거가 단 한 가지도 없었다.

여러모로 정황상 신탁에서 이야기한 남자가 맞는 것 같은데…….

"윈델이라고요?"

윈델이 눈을 들었다. 연두색 머리칼을 허리까지 기른 여인이 보였다. 햇볕을 받은 적이 없는지 피부는 눈처럼 하얗고, 에메랄드 빛 눈동자는 바닥이 보이지 않을 만큼 깊었다.

이런 상황에서도 윈델은 잠시 생각했다. 신비로운 여인.

"당신은 파괴자인가요?"

짤막했지만 그 내용은 굉장히 직설적이었다. 파괴자, 다시 말해 바움 신이 신탁 내린 나무의 파괴자냐고 묻는 말에 윈델은 천천히 고개를 저었다.

"전 귀족의 종자일 뿐입니다. 우연히 책에 손을 댔다가… 그 뒤에 벌어진 일은 저도 어떻게 된 건지 모르겠네요."

절실함이라고는 한 톨도 묻지 않은, 담담한 말이었다. 응당 결백을 주장하는 사람은 말이 구구절절해지는 법인데…….

하지만 세렛은 윈델의 그 태도에 오히려 깊은 인상을 받았다.

"당신이 책 원정대의 일원이었다고요?"

"네."

"그렇다면 당신이야말로 책에 가장 가까웠던 자로군요?"

"가깝달까, 손에 넣었지요."

"그 책이 바로 이 책인가요?"

"네."

윈델은 모든 것을 순순히 이야기했다. 잡힌 이래로 거짓을 이야기한 적은 없었다.

심문하는 사람들이 거짓말이라고 길길이 날뛰며 사실을 말하라고 윽박지르기만 하는 터에 뒷이야기를 듣지 못했을 뿐이다.

"이 책이 신탁에 나온 책인가요?"

윈델은 어깨를 으쓱했다.

"지금까지 겪은 바로는 맞는 것 같습니다."

참관하던 사람들이 웅성거렸다. 처음으로 파괴자가 책을 긍정하는 대답을 했다. 그것만으로도 사형이라느니 케임델 왕국이 결국 신탁을 완수할 수 있게 되었느니 하는 이야기들이 간간이 들렸다.

세렛은 이야기를 하며 내내 윈델의 눈동자를 보았다.

거짓이 아니다. 본능이 그렇게 말한다. 신탁을 받으며 정결하게 살아온 일평생. 그 덕분에 세렛은 그 누구보다 월등한 신성력을 얻을 수 있었다. 사람의 눈을 통해 그의 마음을 읽는 것도 얼마간은 가능하다.

세렛이 느끼기에 윈델은 지금 사실을 말하고 있었다. 단,

그것이 정말 사실인지 아니면 파괴자에게 속고 있는 것인지
는 확신할 수 없었다.

"어째서 이 책이 신탁 속의 책이라고 확신하고 있지요?"

"그건……."

윈델은 잠시 망설였다. 머릿속에 글자가 떠오른다는, 엠베
르크를 찾으라는 그 말을 지금 입 밖에 내야 할 것인가?

대무녀라는 여자를 보았다. 믿을 만한 사람일까? 나를 도
와줄까? 그런 생각이 들기도 했다.

하지만 윈델은 마음속으로 냉소를 터뜨렸다.

이제 와서… 사람 따위 믿을 수 없다. 그녀를 제외하고.

"그건 오히려 원정대에 물어보세요. 내가 신탁의 책을 강
탈한 파괴자라고 증언한 건 다름 아닌 원정대 아닙니까?"

세렛은 윈델의 눈에서 망설임을 읽었다. 무슨 말을 하려는
것 같았는데…….

좀 더 추궁하려던 생각을 접었다. 자신은 무녀지 심문관이
아니다. 할 자신도 없다.

"끝으로 묻겠어요. 이 책을 우리 바움 신전은 파괴하려고
해요. 동의하시나요?"

윈델은 그 물음에 또다시 머뭇거렸다. 책을 찢으면 왠지 모
르지만 몸에 통증이 온다. 그것도 한두 마디 말로 표현하기
힘들 정도의 아픔이.

"대무녀님, 이자는 역시 이단자입니다. 바움님의 가르침을 받드는 자들 중에 신탁의 책을 파괴하는 데 반대하는 사람은 단 한 명도 없습니다!"

윈델이 심문관에게 말했다.

"반대한다는 게 아니야. 다만……."

"다만 뭐냐?"

"책을 찢으면 내 몸이 아파."

"그게 무슨 말이냐? 책과 하나로 이어지기라도 했다는 말이냐?!"

심문관 마르케의 말에 윈델은 고개를 가로저었다.

"그건 모르겠는데……."

세렛은 더 이상 윈델과 심문관의 대화에 끼어들지 않았다. 몸을 돌려 자신의 자리로 돌아왔다.

이상한 기분이 들었다. 저 남자가 파괴자? 맞는 것도 같고 아닌 것도 같다. 평생 처음 겪는 일이었다.

바움의 신탁은 결코 모호하지 않았다. 신탁이라기보다는 명령에 가까운, 누구나 이해할 수 있는 명료한 문장을 신탁의 수정에 새겨주었다.

그렇기에 세렛은 늘 신의 신탁을 명료하게 해석해 냈고, 그 해석에 따라 신전의 사람들이 신탁을 수행해 왔다.

하지만 이번만큼은 세렛조차 확신할 수 없었다.

맞는 것 같기도 하고, 또 어떻게 보면 무고한 사람처럼도
보였다.

심문관이 다시 윈델에게 물었다.

"너는 아까부터 계속 뷔렛 가문의 종자였다고 말하는데,
왜 뷔렛 가문의 사람 어느 누구도 그대를 알아보지 못하는 것
인가?"

"나도 모른다니까."

"세베리아 뷔렛 경은 케임델 왕국으로부터 영웅의 칭호를
하사받았다."

심문관의 말에 윈델이 아, 하고 탄성을 낸다.

"그게 정말이야?"

"그렇다."

"아아, 잘됐네. 꿈에, 그녀가 꿈에 한 발 더 다가설 수 있게
되었구나."

윈델이 빙긋 웃었다. 오늘 중 유일하게 미소 지을 수 있는
소식이었다.

"영웅의 꿈? 그게 뭔데?"

윈델이 심문관의 말에 답했다.

"운터바움이 코네리아를 기억하는 것."

"그게 무슨 뜻이냐? 코네리아가 뭐지?"

윈델은 더 이상 입을 열지 않았다. 마르케의 입술이 비틀

렸다.

"좋아, 네가 끝까지 영웅 뷔렛 경을 걸고넘어진다면, 그것으로 그분의 명예를 실추하려 한다면 그것까지 죄목에 추가하겠다. 심리는 내일 세베리아 뷔렛 경이 케임델 성에 돌아오면 그때 다시 하도록 한다!"

"세베리아 아가씨가 돌아온다고?"

윈델이 외쳤다. 반가움이 목소리에 담겨 있었고, 사람들은 또 한 번 혼란에 빠졌다. 정말 영웅이 아는 사람인가?

심문관 마르케가 심리를 연기한 것도 어느 정도는 그 사실을 의식했기 때문이다. 정말 영웅과 절친한 사람이라면, 영웅을 적으로 돌리고 싶지는 않다.

심문에 참가했던 사람들이 뿔뿔이 흩어졌다. 내일의 심리는 좀 더 넓은 곳에서 하게 되지 않을까? 이런저런 추측을 하며 하나둘 심문실에서 빠져나갔다.

세렛은 묶여 있는 윈델을 다시 돌아보았다.

끝까지 알 수 없는 남자였다.

2

뛰어내려 디딘 땅에 깊은 발자국이 파였다. 등에 멘 거검 에우로파 탓이었다. 팔의 괴력을 온몸이 조금이나마 나누어

받은 걸까? 무리한 행동에도 몸에 큰 무리는 오지 않았다.

세베리아가 달렸다. 케임델 성의 공청회장의 복도에 그녀의 거친 호흡이 울렸다.

그가 있다.

이렇게 빨리, 그리고 이렇게 간단히 그와 다시 마주할 수 있을 줄이야! 나의 소중한 것, 내가 기댈 수 있던 유일한 것, 내가 마음 놓을 수 있던 그 단 하나뿐이던 그것을 빼앗아간 악마가 이곳에 있다!

공청회장은 파괴자의 공개 심문이 열리고 있었다. 방청할 수 있는 자격은 귀족으로 제한되었지만, 회장 주변에까지 수많은 인파가 몰려 주변이 북새통을 이루고 있었다.

사람들의 관심은 오직 하나.

―정말 파괴자가 잡힌 것인가?

바움 신이 직접 신탁을 내린 일이다. 세계가 둘로 나뉘는 전쟁까지는 바라지 않았지만, 최소한 성 하나 정도는 무너뜨릴 정도의 혈투가 벌어져야 정상 아닐까? 아니, 어떤 의미에서는 세계가 모두 파괴될 정도의 사건이 터졌다 해도 이상할 게 없다.

그런 파괴자를 소문에 의하면 경비병 셋이서 눌러 꺾어 붙잡았다고 한다. 대부분의 사람들은 에이, 말도 안 돼, 라고 중얼거리고 있었다.

그럼에도 모두가 주목하는 것은 케임델의 바움 신전, 어린 가지사원의 핵심인물들이 신중하면서도 발 빠르게 움직이고 있기 때문이었다.

그리고 오늘 영웅까지 도착했다.

거검 에우로파를 알아보지 못할 사람은 없었다. 유서 깊은 귀족 가문, 뷔렛의 여주인을 알아보는 사람도 상당수 있었다.

책에 가장 가까웠던 자!

골렘을 일격에 무너뜨린 케임델의 영웅 세베리아가 드디어 공청회장 안에 모습을 드러냈다.

공청회장의 커다란 문 사이로 내부의 풍경이 눈에 들어왔다. 원형 극장처럼 부채꼴로 모인 좌석들 끝에 단상이 있다. 재판소의 모습을 띠고 있는 단상의 가장 높은 곳에 있는 것은 심문관 마르케였다.

하지만 세베리아의 시선은 주변에 아랑곳하지 않았다. 그 가운데 무릎 꿇려져 십자 형태의 나무에 묶여 있는 한 명의 남자. 세베리아의 눈에 그가 선명히 들어왔다. 주변이 흐릿해질 만큼.

"으아아!"

소리를 질렀다. 감정이 격해졌다. 세베리아의 포효에 공청회장의 공기가 싸늘하게 식었다. 하지만 여전히 세베리아의 눈에 다른 것은 보이지 않았다.

보고 싶었다.

왜 그런 감정이 북받친 걸까? 세베리아는 그를 다시 보고 싶어 미칠 지경이었다. 그에게 가고 싶다. 그의 앞에 서고 싶다. 그리고 그를 죽이고 싶다.

왼팔이 저려왔다. 경련을 일으킨다. 떨리는 왼팔을 오른팔로 간신히 잡아 눌렀다. 무리다. 에우로파마저 자유자재로 휘두를 수 있는 왼팔의 힘을 전신의 힘이라 한들 막을 수 있을까?

검을 뽑았다.

거검 에우로파의 날이 공청회장의 불빛에 반짝거렸다.

세베리아가 달렸다. 파괴자에게 검을 늘어뜨린 채 달려간다. 검풍에 스친 촛불들이 광란하고, 이곳에 모인 사람들은 누구라 할지라도 압도당했다.

세베리아는 날뛰는 감정에 어찌할 바를 몰랐다.

그립다.

소중한 것이 그립다. 그것만 있으면 그 어느 것도 필요없었는데. 그것과 더불어 꿈을 이룰 수 있었다면…….

아, 얼마나 행복했을까!

이제는 다시 누릴 수 없는 그 꿈은 매일 밤 악몽으로 나를 짓누른다.

그래서 하려는 거다. 내 소중한 것을 앗아간 저것을.

저 남자를.

윈델을?

세베리아가 멈추었다. 그곳은 파괴자와 세 걸음 떨어진 곳. 아래에서 위로, 그리고 위에서 아래로 크게 원을 그리며 에우로파가 휘돌았다.

놀란 성기사들이 반쯤 검을 뽑아 든다. 하지만 그 누가 있어 영웅의 일격을 가로막을 수 있을까? 가장 용감한 기사조차 흙빛 얼굴로 엉거주춤 검을 갈무리했다.

검풍에 촛불이 꺼져 나갔다. 가장 높은 곳, 샹들리에의 기름등만 어슴푸레 이 너른 공간을 비추었다.

검끝이 윈델의 머리 위 한 뼘에서 멈추었다.

"으아아아아!"

세베리아가 다시 기합을 내질렀다. 하지만 더 이상 검을 내리지를 수 없었다. 그와 내 모든 것을 앗아간 파괴자와……

윈델과 눈이 마주쳤다.

그의 미소는…….

세렛은 온몸에 전율이 일었다. 신전 가장 깊은 곳에서 늘 혼자였다. 수발드는 수녀가 일곱에, 매일 찾아와 신전의 대소사를 보고하는 사제단이 있었다. 하지만 그녀의 인생은 늘 담담하고 고요했다.

그러나 이곳에 넘쳐흐르는 것은 격정이다. 삶이고 그 에너지였다.

바움 신의 어떠한 말씀보다도 짜릿했다. 세베리아의 외침과 그 일격에 혼이 다 날아갈 것만 같았다.

그리고 그의 미소.

정말 저것이 인간이 지을 수 있는 얼굴일까?

단언컨대 세렛은 저런 표정을 본 적이 없다. 그녀를 보던 인간 군상 어느 누구도 저런 웃음을 지어 보인 적이 없었다.

그 웃음은…….

마음 가장 깊은 곳에 자리 잡은 사람에게만 보이는, 너무나 순수한 기쁨의 결정이니까. 단 한 점의 티끌도 없는 호감 그 자체였으니까. 영혼이 하나로 이어졌다는 믿음이 있는 상대에게만 지을 수 있는 본능의 몸짓이었으니까.

세렛은 그 순간 마음속으로 외쳤다.

'신탁은 틀렸다!'

그는 결코 세계를 파괴할 사람이 아니다. 그 생각이 떠오른 순간 세렛은 떨었다.

감히 생각하다니, 모시는 신이 틀렸다고.

그것을 생각하는 것만으로도 두렵다. 짓누르는 검은 손이 숨을 막히게 한다. 자신도 모르게 가슴에 손을 얹고 목줄을 쓰다듬었다.

그녀를 모시던 수녀들이 깜짝 놀라 귀엣말을 한다.

"괜찮으십니까?"

세렛은 손바닥을 보였다. 괜찮다는 표시였다. 어떻게 그런 생각을 할 수 있었을까? 스스로 생각해도 터무니없었다.

그때 세렛의 눈에 비춘 것이 다시 한 번 그녀를 뒤흔들었다.

세베리아의 눈에서 눈물이 흘렀다. 격탕되었던 심장, 날뛰던 감정이 끝내 한 방울 물에 녹아 넘쳤다. 세베리아는 뺨에 흐르는 한줄기 물방울에 흠칫 놀랐다.

오직 머리에 있는 것은 분노뿐인데,

왜 가슴은 이렇게나 슬픈 걸까? 저린 걸까? 아픈 걸까?!

그녀 앞에 있던 남자가 안타깝게 올려다본다. 그의 눈이 말하고 있었다.

이렇게 묶이고, 고문당하고, 죄인으로서 심판받는 것보다, 지금 내가 힘든 것은 당신의 눈물을 닦아주지 못하기 때문이라고.

세베리아는 더 이상 어떠한 행동도 할 수 없었다.

증오에 머릿결이 바짝 서고 격노에 손끝이 파르르 떨리는데, 에우로파를 쥔 왼손은 움직이지 않았다.

격정이 가라앉고, 공청회장의 고요함이 한두 마디 웅성거림으로 깨지기 시작했다.

심문관 마르케가 좌우의 성기사들에게 눈짓을 했다. 성기사들이 그의 명령을 받아 '영웅'에게 다가갔다.

"'책에 가장 가까웠던자' 시여, 부디 진정하고 그 검을 거두소서. 그 죄인을 심판하는 것은 바움님이십니다."

마르케의 말에 세베리아는 고개를 짤막히 끄덕였다. 에우로파를 거두어 등 뒤의 검집에 넣었다. 벨트를 조여 잠갔다. 그 모든 행동을 하는 동안, 그녀의 눈은 오직 윈델에게 머물러 있었다.

감정이 가라앉고 이성이 힘을 얻었다. 눈앞에 있는 것은 책을 얻은 자, 세계를 파괴할 자, 그리고 나의 가장 소중한 것을 앗아간 자.

"뷔렛 경에게 묻습니다. 이자가 책을 손에 넣은 파괴자가 맞습니까?"

마르케가 물었다. 심리를 오늘로 미룬 가장 큰 이유가 바로 세베리아 뷔렛, 영웅의 증언이 필요했기 때문이다.

세베리아는 몸을 돌렸다. 성기사들이 그녀를 자리로 안내하기 위해 그 뒤에 시립해 있었다.

등 돌린 채 세베리아가 말한다.

"맞습니다. 그가 파괴자입니다. 책을 가로채 도망친 그 남자입니다."

공청회장이 웅성거렸다. 몇몇이 시끄럽게 소리 지른다.

"죽여라!"

"신탁에 따라 그를 죽이고 그가 가지고 있는 책을 갈기갈기 찢어라!"

세베리아가 그 외침에 놀라 고개를 돌렸다. 책, 그토록 손에 넣길 원했던 그것이, 동료 수십의 목숨을 앗아간 그 책이 공청회장 단상의 한가운데 놓여 있다.

기억난다, 그 책이.

그 순간 세베리아의 왼손이 욱신거리며 저려왔다. 어떤 단어가 어렴풋이 떠올랐다. 세베리아는 이상한 기분에 사로잡혔다. 지금까지 한 번도 들어본 적 없는 단어가 왜 지금 생각나는 걸까?

엠베르크?

윈델은 머릿속의 외침을 들었다.

—열세 페이지를 되찾아야 한다. 엠베르크를 완성하기 위해 그것은 필수불가결(必修不可缺)하니!

—눈앞에 있다. 앗으라. 그것을 위해서라면 너는 힘을 부를 수 있다.

하지만 그따위 말을 귀담아들을 리 없다. 눈앞에 있는 것은, 내 앞에 서서 숨 쉬고 말하고, 눈물 흘리고 있는 것은…….

내 모든 것, 나의 세베리아였으니까!

"아가씨, 당신의 윈델을 정말 잊은 겁니까?!"

소리쳤다.

언제나처럼 웃어주었으면. 늘 하고 있는 무표정이 얼굴에 뿌리 박혀 입꼬리가 어색하게 올라갔지만, 그 귀한 미소를 보여주는 건 오직 자신에게뿐이었다.

익숙지 않아 씰룩거리는 입꼬리는 세상 어느 웃음보다도 눈부시고 또 아름답다.

그 표정이 다시 보고 싶었다.

항상 짓던 그 눈빛을 보여주었으면.

좀처럼 변하지 않던 얼굴과는 다르게 늘 반짝이던 그 눈을, 유난히 호기심 많아 한시도 멈추지 않던 그 눈동자에 또렷하게 내 얼굴이 그곳에 비출 수 있게.

그 어색하던 미소와 함께하던 눈부시던 그 눈빛을.

그 눈동자가 다시 보고 싶었다.

세베리아가 고개를 돌린다. 하지만 그곳에 있는 것은 웃음도 눈빛도 아니다.

짙게 내리깔린 구름 아래 심드렁히 내리는 겨울비, 아니, 차라리 그것은 차갑기라도 하다.

—누구?

웃음이 났다.

정말 잊은 거다. 세베리아는, 나의 세베리아는, 내 모든 것이었던 그녀는…….

그녀의 기억 속에 더 이상 나는 없다.

세계가 나를 잊고, 그녀가 나를 잊었다.

—엠베르크를 찾으라.

머릿속이 떠든다.

"파괴하거라, 그 나무. 그것은 이미 저주받았다."

윈델이 중얼거렸다. 그 한마디에 모두가 얼어붙었다. 심문관 마르케의 손이 부르르 떨렸다. 진짜다. 이자는 진짜 파괴자다.

세렛도 눈을 동그랗게 떴다. 아까 보였던 그 미소와 이 한마디 사이의 괴리감이란!

다시 윈델이 중얼거린다.

"엠베르크를 찾으라. 파괴자의 이름을 기억하라."

세베리아의 걸음이 멈춘다.

조금 전 떠올랐던 엠베르크라는 이름이 어째서 이 남자의 입에서…….

"시끄러."

윈델이 중얼거린다. 그리고 소리친다.

"시끄럽다고! 뭔데 내 머릿속에서 떠드는 거야!? 네가 뭐야?! 네가 신이라도 되는 거야!? 그렇게 하고 싶으면 내 머릿속에서 떠들지 말고 직접 하라고!"

조용해진 공청회 안, 윈델의 외침이 선득하게 울렸다.

"정말 아저씨가 저기 있는 걸까?"

요나는 까치발을 했다. 하지만 열 살짜리 여자아이가 까치발을 한다고 어른들의 어깨 벽 너머가 보일 리 없다.

"어느 아저씨 말이니?"

누군가가 말을 건다. 요나가 새치름히 쏘아붙였다.

"꼬시는 거라면 됐어."

"하하, 아가씨 같은 미인을 이런 말로 꼬실 리가? 이 정도는 되어야지."

요나가 고개를 돌렸다. 한 남자가 손가락을 딱 퉁긴다. 그러자 어느샌가 그의 손에 장미 한 송이가 들려 있었다.

"그대의 아름다움에는 미치지 못하지만, 그대의 향기와 닮아 꺾어왔습니다. 부디 받아주십시오."

요나가 그 남자를 보았다. 중간쯤으로 기른 금발에 특이한 눈동자를 가지고 있다. 한 눈은 금색, 다른 하나는 은색. 그야말로 금은요동이었다.

키도 제법 크고 옷차림도 깔끔했다. 준귀족쯤 되는 듯 짧은 망토를 허리까지 늘어뜨렸는데, 무엇보다 깎은 듯한 미남이었다.

요나는 잠깐 얼굴을 붉혔다. 윈델도 제법 근사했지만, 이 남자에 비하면 예인과 평민의 차이였다.

"뭐야? 아저씨도 발정난 거야?"

장미를 건네던 남자가 삐끗했다. 정말 귀엽고 어여쁘고 순진난만, 요정같이 생긴 여자아이가 그런 말을 할 거라곤 상상도 못한 탓이다.

"그, 그……."

"윈델 아저씨 말이야. 어제 잠깐 본가에 가본다고 가더니 사라졌어. 나를 놀이터에 내버려 두고. 노숙이야 익숙하지만 처음 온 성에서 노숙하니까 조금 무서웠어."

요나는 다시 까치발을 세워 공청회장 쪽으로 눈을 돌렸다. 경비들이 겹겹이 서서 사람들의 접근을 막고 있었다. 물론 요나의 눈에 들어온 건 사람들의 등허리뿐이었지만.

"그런데 사람들이 그러더라고, 파괴자가 잡혔다고. 이름이 윈델이라고. 그래서 한번 와본 거야. 그런데 아무것도 안 보여.”

이야기를 듣던 금발의 남자가 살짝 웃었다. 보기 좋은 웃음이었지만, 그 눈은 날카롭게 빛나고 있었다.

남자가 요나의 허리를 붙잡아 높이 들어 올렸다. 그리고 팔뚝을 접어 그곳에 요나를 앉혔다. 또래보다 조금 작은 편이었지만 결코 쉽지 않은 자세였다.

“이제 보이니?”

“응. 고마워. 하지만 너무 만지고 그러면 안 돼.”

“안 해!”

남자는 요나의 말에 다시 당황했다. 그리고 슬쩍 물었다.

“그런데 윈델과는 어떤 관계야?”

“응? 아저씨를 알아?”

“아, 알지.”

그쪽은 나를 모르지만. 속으로 이렇게 말하며 다시 남자가 물었다.

“그와는 친해?”

“글쎄, 친하지 않을까? 제로나 할멈이 말했어. 좋아하는 연놈이 밤에 같이 붙어먹으면 부부라고. 벌써 나흘이나 같이 잤으니까 부부지?”

남자가 속으로 허, 하고 탄성했다. 제로나 할멈이 애 하나 망쳤다. 그가 다시 말한다.

"정말 친하구나. 그런데 그가 파괴자가 맞니?"

"응? 몰라. 파괴자라기보다는 미친놈이야. 자꾸 헛소리를 중얼거리고, 머릿속이랑 말도 하니까. 그리고 무능해. 모르는 것 천지에… 힘도 들쑥날쑥하고, 또 돈도 없고."

악평이 심하다. 윈델이 들었으면 눈물을 줄줄 흘렸을 테다.

이야기를 듣던 남자는 한층 더 판단의 지침을 잃었다.

"그래도 말은 믿을 만해. 약속은 다 지킨 편이니까. 그런데 왜 자꾸 물어봐? 아저씨는 누구야?"

"응? 아, 내 소개가 늦었구나. 나는 엘베룬 랜싱이야. 자그마한 단체를 이끌고 있지."

"단체?"

"그래. 아 참, 내 재주를 한번 구경해 보겠어?"

요나가 고개를 갸웃했다. 그 순간 엘베룬이라는 남자의 얼굴이 바뀌었다.

표정이 바뀐 게 아니다. 머리카락 색깔을 제외한 눈썹, 콧대, 입술까지 완전히 다른 사람이 되었다. 어렴풋이 눈의 모양 정도가 남아 있을 뿐이다.

"어?!"

요나가 깜짝 놀랐다. 다시 엘베룬의 얼굴이 바뀐다.

"어때? 대단하지?"

"응! 어떻게 한 거야?"

"변검이라는 건데 방법은 비밀. 마법사가 자신의 트릭을 아무한테나 이야기하고 다닐 리 없잖아? 사람들이 나를 일컫기를 칠보십변(七步十變)—일곱 걸음에 열 번 변한다고 하는데, 천천히만 걸으면 칠보삽십변도 할 수 있어."

그때, 그 남자를 둘러싼 수십 명의 남녀가 고개를 획 돌렸다.

"총수, 잘난 척 그만하지?"

"그래요. 지금 그게 중요한 게 아니잖아요. 정말 그가 파괴자라면 우리를 위해서는 꼭 필요한 인재예요."

"구출 계획은 아직이에요?"

요나는 무슨 일인지 어리둥절해하며 주위를 살폈다. 알고 보니 요나가 서 있던 곳 일대가 하나의 '단체' 사람들로 채워져 있었다.

"계획을 내가 왜 세워. 군사(軍師)는 뭐 하는 거야?"

요나의 앞에서 허리 구부정하게 있던 노인이 갑자기 허리를 펴며 몸을 돌렸다. 키가 2미터는 넘는 거구의 노인이었다.

"더하기보다 복잡한 게 나오면 나한테 미루지. 나도 이제 일흔이야. 머리가 예전만큼은 안 돌아가."

"그건 그렇더라. 지난번에 운영 자금 빵꾸 내서 조직원 전체가 한 끼 굶었지?"

총수라 불린 남자, 엘베룬의 말에 노인이 성을 낸다.

"내가 빵꾸 냈냐?! 자꾸 조직 자금 사적으로 유용할래? 그러다 너 고소당한다? 횡령죄로."

"히히, 얼굴 바꾸고 도망치면 되지."

노인이 고개를 절레절레 흔들었다. 조직의 핵심 중 핵심인 군사와 3준 7걸(3俊7傑)도 총수의 진짜 얼굴은 알지 못했다. 나이는 물론이거니와 진짜 이름, 어느 것 하나 아는 게 없다.

모인 이유는 단지 하나.

나무를 버리고 외해(外海)로 나가자!

이상향을 찾아서!

세계 최고의 배교 집단 유토피아가 이곳에 모여들었다.

3

정신 나간 듯 소리를 지르던 파괴자가 잠잠해졌다. 입을 닫고 고개를 푹 숙인다. 삶의 의지를 잃은 듯 눈동자에 초점마저 사라졌다.

마르케는 높은 단상에 서서 무릎 꿇은 파괴자를 내려다보았다. 그의 상태가 왜 갑자기 저렇게 변한 것일까? 파괴자라면 뭔가 세계를 뒤흔들 힘 같은 걸 갖고 있을지도 모르는데……. 더 이상 그를 자극하는 게 잘하는 짓일까?

별의별 생각이 머릿속에 떠돌았다. 그렇다고 본분을 잊을 수도 없으니…….

"묻노라! 너는 파괴자인가?!"

윈델은 지금 마르케를 등지고 공청회의 관람석 쪽으로 무릎 꿇고 있었다. 사람들에게 그의 모습을 보이기 위해 교회 측에서 선택한 자리 배치였다.

"그런가 보지."

심드렁한 윈델의 말에 사람들이 웅성거렸다. 저걸 긍정이라고 해야 하나? 한편으로 실망감도 들었다.

그렇다! 아니다!

뭔가 좀 더 격렬하고 드라마틱한 전개가 있어야 할 텐데…….

"너는 어제 영웅 세베리아와 10년간 함께 지냈다고 말했다. 그게 사실인가?!"

"응, 맞아. 근데 그게 내 꿈속이었나?"

비릿한 미소에 방청객들은 화를 냈다. 저런 무성의한 태도라니! 심문관의 심문에 응하는 태도가 저게 뭐란 말인가.

"네가 한 말이다. 세계가 코네리아를 기억하는 것. 그것이 우리 케임델이 낳은 자랑스러운 영웅, 책에 가장 가까웠던 자 세베리아 뷔렛 경의 꿈이라고."

그리고 마르케가 세베리아에게 물었다.

"사실입니까?"

하지만 대답을 들을 필요도 없었다. 세베리아의 얼굴이 딱딱하게 굳어 있다, 어느 누가 보아도. 세베리아가 간신히 입을 연다.

"그가 어떻게 그 사실을 알고 있습니까?"

그 물음에 답해줄 수 있는 사람은 이 자리에서 윈델뿐이었다.

세베리아의 눈이 아득해진다. 어떻게…….

그걸 알고 있는 건 내게 가장 소중했던 그뿐인데, 저 파괴자가 앗아간, 내게 유일한 기쁨이었던 그뿐인데.

그런데 '그'는 누구지?

마르케가 세베리아의 질문을 대신 받아 윈델에게 말했다.

"너는 어떻게 그 사실을 알고 있지?"

윈델이 웃는다.

"그녀가 내게 말했으니까. 아, 그것도 꿈속이었나?"

바움교의 나이 든 사제 하나가 버럭 소리를 질렀다.

"이곳은 신성한 바움님의 재판장이다! 성실한 태도로 답하라!"

윈델이 그를 슬쩍 쳐다보았다. 초점없던 눈동자에 짤막한 살기가 감돌고, 나이 든 사제의 기세는 온데간데없이 사라졌다.

"나는 파괴자 아니었나? 바움님 그 자체를 파괴할 사람이라며? 그런 내가 바움님의 재판이라고 벌벌 떨 이유가 있나?"

윈델이 다시 고개를 푹 숙였다.

마르케가 다시 입을 연다.

"너는 아직도 영웅이 너와 알고 지냈다고 주장하는 것인가? 그리고 이곳 케임델 성에서 오랫동안 살았으며, 책 원정대에 참가해 책에 도달했다고?"

"적어도 내 기억에는 그래."

심드렁하니 윈델이 중얼거렸다.

"세베리아 아가씨랑 만난 건 열 살 때야. 케임델 대축복은 내가 살던 터전을 송두리째 앗아갔고, 나는 어쩔 수 없이 구걸을 하러 케임델 성으로 나왔어. 그날의 케임델 성은 내가 살던 곳이랑 별다를 것 없더라. 시체가 길거리에 나뒹굴고… 나는 쓰레기통을 뒤지고 빈집을 털었어. 그러다 그녀와 마주쳤지."

웃으며 세베리아를 쳐다보는 윈델의 눈빛에 자그마하고 따듯한 빛이 어렸다.

"그녀는 그날 소중한 사람을 잃었어. 내 소중한 세베리아 아가씨는 그날 하나뿐이던 가족을 잃어버린 거야. 케임델 대축복, 그 저주받은 사건으로."

‘축복’을 저주라 칭하는 것. 그건 결코 바움 신도들이 해서는 안 될 말이다. 사람들이 윈델의 그러한 발언에 다시 한 번 분노를 터뜨렸다.

그 순간 세베리아는 손끝을 바르르 떨고 있었다. 윈델의 말이 이어진다.

“세베리아 아가씨는 늘 이렇게 말했어. 인간의 목숨을 앗아가는 것을 ‘축복’이라 부르는 이 세계는 미쳐 있다고.”

사람들이 시선이 ‘영웅’에게 모였다. 당황한 세베리아가 소리 질렀다.

“거짓말이야!”

혼란스럽다. 세베리아는 지금 정신이 하나도 없었다.

어떻게 그런 것까지 알고 있지? 파괴자가 내 마음 안을 샅샅이 읽고 있다. 나만 알고 있는 것, 나와 ‘그’만 알고 있는 것을 저 파괴자가 모두에게 떠들어대고 있었다.

윈델이 세베리아를 쳐다본다. 그 굳었던 맹세 모두를 잊은 그녀는 지금 그를 거짓말쟁이라 외치고 있다. 그렇게 당당하게 세계를 향해 독설을 뱉던 그녀가 주변의 사람들과 마찬가지로 가면을 쓰고 있다.

오히려 그에게 손가락질한다.

“아가씨, 정말 잊은 거예요? 윈델을 잊은 겁니까?! 뭐든 함께했던 저를 잊은 겁니까!”

윈델이 소리쳤다.

"몰라! 너 따위! 왜 나를 모함하는 거야?!"

세베리아가 맞받아쳤다.

'내 속마음, 이런 곳에서 이야기하지 마. 그것을 들켜 버리면 나는 이 세계에서 다시 영웅으로 살아갈 수 없어. 내 꿈, 코네리아 언니의 이름을 세계가 기억하게 만드는 것을 영영 이룰 수 없게 돼!'

지금 이 자리에서 윈델의 말을 믿는 사람은 단 한 명도 없었다. 세베리아가 자신을 변론할 필요조차 없다. 영웅과 신탁에서 말하는 악당, 그 두 사람의 말 중 누구의 말을 믿을지 그건 1초의 망설임도 필요없는 질문이었다.

하지만 세베리아는 겁먹었다. 사람들이 보는 시선이 두려웠다. 저 말을 믿는 건가? 나를, 내가 했던 불경스러운 말들을 빌미로 나를 영웅의 자리에서…….

"닥치라! 더 이상 영웅을 모욕하지 말라!"

마르케가 외쳤다. 그리고 사람들이 소리 질렀다.

"우리 케임델의 영웅에게 그런 말을 하다니!"

"악독한 것!"

"더 이상의 심문은 필요없다! 당장 저자를 돌로 찍어 죽여라!"

"죽여라!"

윈델은 그들의 함성 따위 들리지 않았다. 그의 세계에서 의미있는 것은 세베리아뿐이다.

"아가씨! 대답해 보세요! 제가 기억하고 있는 모든 것이 거짓인가요? 세베리아 아가씨! 세베리아! 네가 이야기했잖아! 이 세상은 틀려먹었다고! 서로 어떤 일이 있어도 결코 잊지 말자고! 너에게 내가, 나에게 네가 있다고!"

"거짓말이야! 날 모함하지 마! 왜 내게 그러는 거야?!"

세베리아가 외쳤다. 그 목소리는 떨리고, 손끝은 무릎 위를 꼭 움켜쥐었다.

"믿지 말아요! 나는 그를 몰라요! 그가 모두 지어내고 있어요!"

아, 왜 이럴 때 나는 혼자인 거야? 나를 보호해 줄 사람은 왜 늘 일찍 죽는 거야?! 아버지도, 어머니도, 언니, 코네리아 언니도!

그리고…….

"나는 거짓말 따위 하지 않아!"

윈델의 날카로운 외침이 회장 안에 울리고, 마르케의 손짓에 성기사들이 윈델을 결박한다.

"심리는 여기까지! 곧바로 형을 언도하겠다! 윈델이라 스스로의 이름을 밝힌 파괴자를 사형에 처한다! 그가 가지고 있던 책은 신탁에 따라 찢어 파괴한다! 형 집행은 오늘 태양이 자색에서 보라색으로 변할 때 행하며, 이 형은 결코 번복될 일 없을 것이다! 바움님의 뜻이 곧 세계의 뜻이니 그 말씀 거룩하도다!"

"거룩하도다!"

영웅의 히스테릭한 외침이 회의장을 어수선하게 만들었다. 마르케는 그 공기를 읽고 서둘러 심리를 마친 것이다.

이제 고작 열아홉 살의 여자다. 사람들은 유난히 가냘파 보이는 영웅의 모습에 깊은 동정을 느꼈다. 그녀가 어깨를 웅크려 파르르 떠는 모습에 사람들은 슬픔에 사로잡혔다.

그리고 그 감정이 그녀를 그렇게 만든 파괴자에 대한 증오로 뒤바뀌는 데는 그리 오랜 시간이 필요하지 않았다.

윈델이 소리를 지른다.

"왜 나를 기억하지 못하는 거야!"

세베리아는 귀를 막았다. 윈델의 외침은 메아리조차 없이 공허하게 사라졌다.

공청회장에서 나온 귀족 하나가 쪼르르 달려 밖에 있던 인파 속으로 모습을 감췄다. 그는 주변을 두리번거리며 누군가를 찾고 있었다. 불쑥 손이 나오며 그를 끌고 사람들 사이로 사라진다.

"아, 총수."

“왔냐? 어때?”

“끝내줬죠!”

“자랑질 집어치우고.”

귀족이 빙글빙글 웃었다. 너는 못 봤지롱, 하는 표정이다. 유토피아의 총수 엘베룬이 입술을 씰룩거린다.

“삐쳤어요?”

“아냐.”

“에이, 삐쳤나 보네. 미안해요. 나중에 보여줄게요. 몰래 ‘헤파로스의 흉내상자’로 몇 장면 찍어왔어요.”

“어, 정말?!”

금세 엘베룬이 웃는 얼굴로 변한다. 칠보십변은 그의 변검술이 아니라 이 조석변(朝夕變)의 성질머리를 말하는 걸지도 몰랐다.

“아무튼 처형이 결정됐어요. 오늘 저녁 6시, 해가 보라색으로 변할 때가 처형 시간이에요.”

“역시 사형이냐?”

“네.”

“아저씨, 사형당하는 거야?”

꼬마 여자아이가 외치는 소리에 소식을 가져온 귀족이 고개를 갸웃했다.

“얘는 또 누구에요?”

총수 엘베룬이 웃으며 말한다.

"파괴자의 아내?"

"네?"

귀족이 주변을 본다. 동료들의 표정에서 총수가 한 말의 진위를 찾기 위해서였다. 그때 엘베룬이 다시 물었다.

"그래서, 틈은 날 것 같아? 안의 분위기는 어떻고? 그가 정말 파괴자이긴 해?"

연이은 질문에 그 귀족이 어깨를 으쓱한다.

"틈은 모르겠고, 분위기는 엉망진창. 그리고 파괴자인지 잘 모르겠어요."

"몰라? 그런데 사형이야?"

"그게……."

그 귀족은 안에서 보고 들은 것을 엘베룬과 자신의 동료들에게 간단히 설명했다. 여전히 이 일대는 재판의 결과를 듣고 싶어하는 사람들로 가득했고, 유토피아의 일당은 '나무를 숲에 숨긴다' 는 속담에 따라 인파 속에서 밀담을 이어갔다.

"그러니까, 파괴자는 새로 탄생한 영웅을 잘 안다고 우기고, 또 영웅은 모르는 일이라고 잡아떼는 중이라는 거지?"

"그렇죠."

저 아래서 또 한 번 꼬마 아가씨의 목소리가 나섰다.

"아저씨는 세베리아를 잘 알고 있댔어. 열 살 때부터 같이 지냈다던데?"

귀족이 고개를 끄덕끄덕한다.

"너도 들은 모양이구나. 계속 그렇게 주장하더라."

"묘하다, 묘해. 누구의 기억이 잘못된 거야?"

엘베룬의 혼잣말에 요나가 답했다.

"아저씨일걸?"

"왜?"

"미쳤으니까. 자기 머릿속이랑 대화하는 사람의 이야기를 너무 진지하게 들으면 안 돼."

엘베룬이 풋 웃음을 터뜨린다.

"그건 그렇구나."

귀족은 도대체 이 꼬마의 정체가 무언지 궁금했지만 하던 이야기를 이었다.

"아무튼 분위기를 봐서는 사형을 강행할 생각입니다."

"그래? 그래서 네가 보기에는 어때? 맞냐? 아니냐?"

귀족은 총수의 물음에 끙, 하는 신음 소리를 냈다. 난제였다.

"어떻게 생각해?"

답답하다는 듯 다른 동료가 물었다. 그제야 귀족이 천천히 입을 열었다.

"잘 모르겠는데, 한번 접촉해 볼 가치는 있다고 봐요. 어쨌든 책 원정대가 그를 파괴자라고 일관되게 증언하고 있고…
영웅 그녀가 진짜로 초인적인 힘을 얻어 돌아온 건 사실이잖
아요? 그 힘을 가진 그녀조차 그가 파괴자라고 단정하고 있어
요. 정황이 이상해서 그렇지, 그런 부분들을 뺀다면 그는 파
괴자가 맞아요.”

“정황이라…….”

엠베룬이 중얼거렸다.

“하긴, 정말 세계를 뒤덮고 있는 나무를 불태울 수 있는 남
자라면, 인간들에게 붙잡혀 감옥에 갇힐 리 없지.”

“그러니까요.”

“알았어. 일단 구출하는 걸로 정하고, 장소는 처형장.”

“네? 무슨 이유라도…….”

부하의 묻는 말에 엠베룬이 웃었다.

“장면이 그럴듯할 것 같지 않아? 형장의 도끼가 내려쳐질
때, 에바나가 화살을 날려 사형수의 손목을 맞추는 거야. 그
리고 우리는 말을 타고…….”

부하들이 외면한다. ‘그럴듯해 보여서’ 선택한 작전, 더 듣
고 싶지 않다.

“잘 들어보라니까. 여기가 하이라이트야. 내가 페가수
스…….”

썰물처럼 한 무리 사람들이 모습을 감추고, 너른 공터 가운

데에 엘베룬과 요나가 남았다.

조용히 그를 올려다보던 요나가 툭 한마디 한다.

"너, 인기없구나?"

"어흑……."

엘베룬이 울음을 삼킨다.

4

"까마귀가 보았어."

"땅쥐가 보았어."

쌍둥이가 앉아 있는 곳은 첨탑의 난간이었다. 높지 않으면 안정이 되지 않는 걸까? 단순히 높은 곳을 좋아하는 걸까.

그녀들의 발밑으로 다시 몇 개의 탑이 있다. 그곳은 탑이라고는 하지만 기묘한 곳. 사다리만 하나 붙어 뾰족하게 솟은 석질의 기둥이었다.

모두 일곱 개의 탑은 특별한 도형을 이루지도, 의미를 가진 그림이나 문장이 그려져 있지도 않았다. 가운데가 뻥 뚫린 쓸데없는 기둥 일곱 개일 뿐이다.

그래서 이곳은 인적이 드물었다.

땅은 새까맣게 죽었고, 태양이 환하게 비춤에도 풀이 자라지 않았다. 농사를 지을 수도, 가축을 기를 수도 없는 이 땅을 사람들은 악마의 일곱 뿔이라 부르며 방치했다.

"파괴자는 정말일까?"

"정말 그가 파괴자일까? 나는 그를 봤어."

"나도 그를 봤어."

리아와 디아, 두 소녀는 탑 위에서 먼 곳을 응시했다. 눈빛이 살아 있는 쪽이 아닌, 우윳빛으로 광택이 죽은 눈을 사용했다.

"뭐가 보이냐?!"

30미터 높이의 첨탑 아래에서 한 남자가 외쳤다. 스물다섯이나 되었을까? 환한 표정에 미소가 만면에 가득한 그가 두 쌍둥이에게 손을 흔들어 보였다.

"흥, 베른이야. 조증환자."

한 소녀의 말에 다른 소녀가 대답한다.

"쟤는 시끄러워."

"맞아. 시끄러워."

두 소녀가 다시 하늘 저편을 바라보았다. 태양이 이제 곧 자색으로 바뀔 시간이 되었는지 하늘에 엷은 보라색 빛이 감돌기 시작했다.

"그가 파괴자라는 건 이상해. 그를 눈앞에서 봤을 때 마법의 힘조차 없었는걸?"

"맞아. 세계를 파괴할 사람이라고는 생각되지 않았어."

그때, 탑 아래 있던 남자가 어깨가 빠져라 손을 흔들었다.

"어이, 무시하는 거야?!"

쌍둥이는 아무 대답도 하지 않았고, 기다리다 지쳤는지 베른이라던 남자가 첨탑 곁에 달린 사다리를 타고 오르기 시작했다.

정말 원숭이 같은 남자였다. 손을 몇 번 뻗고 다리를 몇 번 차나 싶더니 어느새 탑 위에 도착했다.

하지만 베른이 본 것은 두 소녀가 깍지 낀 손으로 사라져 가는 모습뿐이었다.

"워프했냐!"

소리를 쳐 주변을 봤다. 조금 전 자신이 서 있던 곳으로 워프아웃하는 그녀들이 보인다.

베른이 손과 발을 사다리 곁에 걸쳐 주르륵 미끄러져 내려갔다. 곧바로 리아와 디아에게 물었다.

"라티스가 보냈어. 뭐가 보이냔 말야."

"흥, 대답하기 싫어."

"맞아. 베른은 상대하고 싶지 않아."

"왜?!"

베른이 언성을 높였다. 화가 난 듯도 했지만, 그 순간에도 그는 싱글싱글 웃고 있다.

"그냥 싫어."

“맞아. 싫어.”

베른이 손으로 눈을 가렸다. ‘뭘 어쩌라는 거냐?’ 하는 제스처였다. 눈을 가린 손가락을 살짝 벌려 두 소녀를 바라보았다.

“그런데 누가 리아야?”

“내가 리아야.”

“내가 디아야.”

“아, 오늘은 리아가 조증인가?”

베른의 말에 리아가 발끈했다. 하늘 높이 땋아 올린 머리칼이 흔들거렸다.

“조증은 베른이야! 나는 활달할 뿐이야.”

“맞아. 리아는 병 같은 것 없어.”

싱글벙글하며 베른이 두 손바닥을 하늘로 들어 보인다.

“나는 가없이 긍정적인 태도로 세상을 대할 뿐이야. 오늘도 하늘은 맑고 바람은 상쾌하잖아? 이 좋은 날 화를 낼 필요가 뭐 있어?”

디아와 리아 두 소녀는 베른에게 혀를 날름했다. 상대하기 싫다는 듯 몸을 돌렸다. 베른이 어쩔 수 없다는 듯 어깨를 으쓱이고는 다시 입을 열었다.

“아무튼 같이 가자. 라티스가 찾아.”

“라티스님이?”

“그래.”

베른이 앞장서고 두 소녀가 그 뒤를 쫓았다.

　일곱 뿔을 가진 악마의 땅이라는 별명치고 이곳은 지나치리만큼 평화로운 곳이었다. 땅이 죽었기 때문에 풀벌레 한 마리 없다. 항상 고요했고, 오직 지나는 것은 바람뿐이었다.

　이 땅에 사람이 없는 것은 흙이 죽었기 때문만은 아니다. 그림자와 해 든 땅의 경계점에 위치한 탓에 더욱 인적이 드물었다.

　베른은 일곱 첨탑들 사이에 있는 한 장소에 도착하자 주위를 두리번거렸다. 그곳은 별로 특별할 것 없는 벽이었다. 돌인지 금속인지 알 수 없는 재질의 벽 한쪽에 작은 단추들이 줄지어 달려 있었는데, 어디에 쓰는 물건인지 알 수 없었다.

　아무도 없다는 확신이 들자 베른이 벽면에 있는 단추 몇 개를 눌렀다. 그 순간 벽이 반으로 갈라지며 문이 나타났다.

“타라.”

“나도 탈 줄 알아.”

　호의는 여지없이 까탈로 돌아오고, 베른은 또다시 빙그레 웃었다. 리아와 디아, 베른 세 사람이 문 안으로 들어가고, 언제 있었냐는 듯 갈라졌던 벽이 다시 하나가 되어 모습을 감추었다.

"왜 지금 라티스님이 있는 곳으로는 워프가 안 되는 걸까?"

리아가 투덜거리듯 하는 말에 디아가 고개를 끄덕했다. 그러자 베른이 나섰다.

"마법사들이 그러는데, 이곳은 파동이……."

"베른의 설명은 듣고 싶지 않아."

또다시 면박을 당한다. 그때 미세한 흔들림이 느껴지며 세 사람이 들어온 방이 움직이기 시작했다. 살짝 몸이 떠오르는 듯한 감각, 방이 통째로 아래로 내려가는 모양이었다.

"그 일 때문이야? 그런 뜻이 아니었다고 몇 번이나 해명했잖아. 내가 그때 말했던 믿을 수 없다는 건 정말 믿지 못한다는 게 아니라… 그냥 관용구야. 와! 믿기지 않아! 눈앞에 두고도 믿을 수 없어! 이런 말이랑 같은 거야."

"그치만 그곳은 회의장이었어. 베른이 믿을 수 없다고 말한 탓에 몇몇 사람도 믿지 못한다는 말을 했어."

리아의 말에 베른이 쩔쩔매며 다시 말을 이었다.

"그건 미안해. 그러니까 이제 화 풀어."

"흥!"

"흥!"

돌아온 것은 두 소녀의 코웃음뿐. 베른은 어쩔 수 없다는 듯 웃으며 한숨지었다.

그러는 사이 움직이는 방이 정지했다. 막혀 있던 벽이 둘로 나누어지고 다시 문이 생겼다.

베른과 리아, 디아 세 사람이 도착한 곳은 거대한 홀이었다. 직육면체의 방 안은 지금 수많은 사람들로 북적이고 있었다.

홀은 창문 하나 없는데도 밝았다. 천장에 굉장한 빛을 내뿜는 빛의 구슬이 있는 덕이었다. 어떤 원리로 빛을 내는지는 몰랐다. 가끔 축복과 함께 모습을 드러내는 '호르세의 반디막대'와 비슷하지 않을까 어렴풋이 상상할 뿐이었다.

전체적으로 홀은 두 개의 공간으로 나뉘어 있었다. 베른 등이 도착한 미닫이문 쪽은 복층으로 지상에서 4미터 높이쯤 됐다. 철망 같은 것으로 바닥을 만들어 걸을 때마다 땅땅— 하는 반향을 울렸다.

20여 미터쯤 되는 복층을 지나 계단을 따라 내려가면 또 다른 너른 홀이 펼쳐졌다. 가죽 같은 것으로 만든 듯한 끈이 수없이 늘어지고, 공중에 복도가 놓여 있는 등, 이 공간은 특수한 목적으로 만들어진 곳처럼 보였다.

수십 명의 마법사가 수많은 금속을 소환해 내고 있었다. 무작정 에테르에서 빌려올 수는 없는 일. 그들의 곁에는 성형소환(成形召喚)에 쓸 금속 나부랭이가 산더미처럼 쌓여 있었다.

그들이 만들고 있는 것은⋯⋯.

"푸퍼를 또 두 기 만든 모양이네."

베른이 손가락질을 한다. 그곳에 있는 것은 다름 아닌 강철 골렘이었다. 인간의 형태—매우 뚱뚱한—로 다듬은 금속 인형들이 수십 명의 마법사의 손을 빌려 형태 지어지고 있었다. 푸퍼라 부른 강철 인형이 어깨를 나란히 해 10여 기나 벽 쪽으로 서 있었다.

"흥, 강철 인형 따위⋯⋯."

"푸퍼라니까."

리아의 말에 베른이 한마디 하고, 리아는 그런 베른이 얄밉다는 듯 흘겨봤다.

"미안하다는 말을 한 지 5분도 지나지 않았잖아!"

"미안한 건 어제 한 일에 대한 거고."

"몰라. 말 걸지 마. 베른이랑은 영원히 이야기하지 않을 거니까."

"그⋯⋯."

다시 곤경에 빠진 베른에게 조력자가 생겼다.

"리아, 디아, 모두들 사이좋게 지내라고 하지 않았느냐?"

리아와 디아의 눈에 화색이 돌았다. 베른이 한 걸음 물러서 고개를 까딱 숙였다.

"라티스님!"

　두 소녀의 목소리가 저절로 높아지고, 베른의 미소가 한층 짙어졌다. 그가 이곳에 있는 것만으로도 모든 일에 활기가 인다. 즐거움이 생긴다. 그리고 사람들이 행복해진다.

　이 세계에 단둘뿐인 영웅이자 스물다섯의 나이에 홀로 쉐도우 엘프들의 성을 점령한 위대한 검사!

　스스로 빛나는 듯한 엷은 금발이 치렁하게 어깨 밑으로 내려온 저 남자가 바로 프라우밀 왕국의 영웅 라티스 크레들이었다. 깊게 잠겨 있는 푸른 눈동자와 엷게 미소를 머금은 입술, 그는 외모까지 전설의 한 페이지를 장식하기에 부족함이 없어 보였다.

　쌍둥이가 라티스의 팔 좌우에 매달렸다. 어리광 섞인 그녀들의 행동에도 라티스는 제지하거나 귀찮아하지 않았다.

　"데려왔어."

　베른의 말은 짤막했다. 이곳, 이 공간에 있는 모든 사람들이 라티스와는 주종의 관계일 테지만, 어느 누구도 허리 굽혀 경어하지 않았다. 공경받는 것은 노인이고, 보호받는 것은 여자와 어린아이들.

　유토피아가 추구하는 것과는 또 다른 이상향을 라티스는 이곳 일곱 뿔의 악마 구역에서 구축하고 있었다.

　"라티스, 까마귀는 봤어."

　"땅쥐는 봤어."

"그들이 그를 파괴자라고 했어."

"모두가 그를 파괴자라고 재판했어."

라티스는 자신의 팔에 매달려 이야기하는 쌍둥이를 번갈아 쳐다보았다. 어느새 라티스 주위로 사람이 몰려들었다.

바퀴 달린 의자에 앉아 있는 상반신뿐인 노인과 건강한 사내, 마른 사람이 있는가 하면 뚱뚱한 사람, 여자, 그리고 아이까지 정말 다양한 사람들이었다.

그들이 리아와 디아의 말에 한마디씩 걸고넘어졌다.

"정말 파괴자라는 거야? 신탁에서 이야기한, 책을 이용해 바움을 불태울 거라는?"

"말도 안 돼. 책의 신탁이 내려진 지 벌써 5년이야. 우리도 백방으로 찾고 있었는데… 그게 그렇게 쉽게 나타날 리가 없잖아?"

"책은? 책도 찾은 거야?"

중구난방에 리아와 디아가 입을 다물고 입술을 샐쪽하니 내밀었다. 라티스가 모두에게 입을 열었다.

"모두들 쌍둥이의 이야기를 끝까지 들어주지 않겠어?"

중구난방이던 주위가 단번에 정리되었다. 거친 목소리도 명령조의 말투도 아니었다. 친구들을 설득하는 듯한 온화한 한마디가 이 순간 모두를 압도했다.

그는 영웅이었으니까.

말을 더듬든, 심지어는 벙어리라 할지라도 그의 말은 모두를 압도할 것이다.

리아와 디아가 다시 말을 꺼낸다.

"케임델 어린가지사원의 대무녀까지 참관했어. 그리고 그가 파괴자라고 결론 내렸어. 그가 진짜인지 아닌지 리아는 몰라."

"디아도 몰라. 나는 봤을 뿐이야."

어린가지사원의 대무녀라는 말에 사람들이 서로를 쳐다보며 귀엣말을 나눈다. 그녀까지 나섰다는 건 둘 중 하나다. 진짜 파괴자든지, 아니면 케임델 왕국 전체가 꾸미고 있는 사기극이든지.

"오늘 저녁에 처형한다고 했어. 태양이 보라색이 될 때 그를 죽일 거래."

"책도 함께."

라티스가 두 소녀에게 물었다.

"또 한 명의 영웅은 어때? 지금 케임델 성에 있어? 어제는 케임델 성을 떠났다고 했잖아."

"있어. 라티스, 그 여자 돌아왔어."

"헐레벌떡 돌아왔어."

리아와 디아가 번갈아 이야기했다.

"우리 어제 그녀를 시험하기 전에 파괴자를 만났어. 나무에 물의 신기루 마법을 쓰고 숨어 있었는데 우리를 봤어."

"응, 들켰어. 그치만 그는 마법사 아니야."

라티스가 입을 다물며 생각에 잠겼다. 쌍둥이는 비록 나이는 어리지만 수많은 저주술을 시술해 어지간한 대마법사 못지않은 마법을 구사할 수 있었다. 그걸 간단히 간파하다니 분명 평범한 사람은 아닌 듯한데……

"그치만 파괴자 같지는 않았어."

"응, 그렇게 대단하지 않았어."

라티스는 쌍둥이의 이야기만으로는 판단하기 어렵다는 생각이 들었다. 몸을 돌려 바퀴 달린 의자에 앉아 있는 노인에게 물었다.

"슈탈리저는 어때요?"

"흐음, 지금이라도 움직일 수 있긴 하네만… 설마 벌써 그 거인을 움직일 생각인가?"

"벌써… 입니까?"

조용한 그 목소리에 노인이 크음, 하는 헛기침을 냈다.

"책이 나타나고, 파괴자라는 자가 처형당할 위기에 있으니… 벌써는 아닌가? 하지만 정말 그것을 세상에 내보낼 생각인가? 비록 내가 발굴해 냈지만 정말 무서운 고대의 마법이네."

라티스는 노인의 말에 그저 웃고, 또 답했다.

"쓰지 않을 거라면 만들지도 않았을 겁니다."

"흠, 자네 앞에서는 어리석은 질문만 하는 뒷방 늙은이가 되는군그래."

"무슨 말씀이십니까? 대마법사 프라우드시여! 그대가 아니라면 푸퍼의 양산도, 슈탈리저를 만드는 것도 모두 불가능했을 것입니다."

노인 프라우드는 한숨을 내쉬며 고개를 저었다.

"40년 전부터 미친 듯 파고든 발굴에 성과가 있었던 건 기뻐할 만하지만… 정말 이런 것을 세상에 내놓아도 될지……."

라티스가 입가에서 미소를 지웠다.

"이 세계에서 마족을 멸살하기 위해서입니다."

숙연해진다. 이 고요함은 분노에서 비롯되었다. 프라우드도 더 이상 다른 말을 하지 않았다.

"알았네. 우리는 그저 자네를 믿을 뿐이네."

"감사합니다."

"우리가 감사하지. 영웅이 아니었더라면 우리는 분노를 쏟아야 할 방향조차 찾지 못했을 테니까."

라티스가 고개를 숙인다.

"슈탈리저, 부탁드리겠습니다."

"알겠네. 첫 번째 슈탈리저. 이름은 뭐로 할 텐가?"

"그건……."

5

광장이 올려다보이는 반지하의 감옥 안에 묶여 있는 윈델.

자색 하늘이 반원형 창문 안으로 쏟아져 들어왔다. 처형까지 이제 남은 시간은 한 시간 남짓.

아, 이 세계라니…….

한 줌 쓸모있더니 이제는 아예 쓸 데가 없다.

세계가 나를 잊었다. 세베리아가 나를 잊었다.

나는 이제 이곳에 서서 무엇을 해야 할까?

—열세 페이지를 찾기 위해서라면 힘을 사용할 수 있나니 찾으러 가겠는가?

—엠베르크를 찾으라. 파괴자의 이름을 기억하라.

나는 뭐지?

내가 나라고 이야기할 수 있는 모든 근거가 사라진 지금…….

나는 아직도 윈델인가?

내가 책의 말을 따르지 않을 이유가 뭐지?

윈델이 웃었다. 피식, 무엇을 비웃는지도 모를 코웃음을 쳤
다.

그의 몸, 하얀 피부에 문자들이 가득 떠오른다. 요동친다.
몸 안의 모든 근육이 날뛰고 핏줄을 따라 힘이 광분한다.

어떠한 것도 윈델을 결박 짓지 못했다. 포승줄, 쇠창살, 심
지어는 이 세계조차.

태양이 서서히 보라색으로 바뀌고 있다.

『운터바움―신들의 파괴자』 2권에 계속…

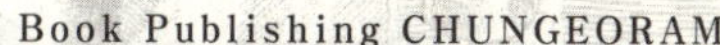

Book Publishing CHUNGEORAM

엠페러 소드

대호
퓨전 판타지 소설

Emperor Sword

어머니의 강권으로 용병 생활을 끝마치고 돌아왔더니
이번엔 로열 아카데미에 입학?
조용히 학창생활을 영위하려 했더니, 뭐?
부모님은 사라지고 집이 불타?

실종된 부모님을 찾기 위해 귀족들의 횡포를 처벌하기 위해
오늘도 그의 황금 사자패가 빛을 뿜는다!

"암행어사 출두야!"

테일론 대제국의 유일한 암행 감찰관 레인!
그가 만들어가는 새로운 판타지에 주목하라!

Book Publishing CHUNGEORAM

유행이 아닌 자유추구
WWW.chungeoram.com

저작권 보호!!

장르문학의 성장에 힘이 되어주십시오.

저작물의 무단 전재와 복제, 불법 다운로드!
이것은 관심이 아니라 무관심입니다!

작가님들은 창의적 열정과 시간을 투자해 자신의 꿈과 생계를 유지합니다.
한 권의 책을 만들어 많은 사람들은 자신의 인생과 미래를 설계합니다.

저작물 속에는 여러 사람의 노력과 희망이 담겨 있습니다!

저작물의 무단 전재와 복제, 불법 다운로드는 여러 사람들의 꿈과 생계를
위협함으로써 장르문학을 심각한 상황에 빠뜨리고 있습니다.

이제는 무관심이 아니라 관심으로 장르문학의 성장에 힘이 되어주세요.

[도서출판 **청어람**은 항시적인 저작권 보호를 통해 장르문학과
여러분의 희망을 지키겠습니다.]

저작물의 무단 전재와 복제, 불법 다운로드는 법률에 의해 처벌받을 수 있습니다.
· 저작권법 제97조의5 (권리의 침해죄)
저작재산권 그 밖의 이 법에 의하여 보호되는 재산적 권리(제73조의 4의 규정에 의한 권리를
제외한다)를 복제·공연·방송·전시·전송·배포·2차적 저작물 작성의 방법으로 침해한
자는 5년 이하의 징역 또는 5천만 원 이하의 벌금에 처하거나 이를 병과(동시에 두 가지 이상의
형벌을 지우는 일)할 수 있다.

도서출판 **청어람**

조종호 新무협 판타지 소설

十度化身
십변화신

"너는 죽는다."
"······!"

뇌서중은 자신도 모르게 번쩍 고개를 치켜들어 뇌력군을 올려다봤다.
"다시 말해주랴? 난호가 망혼곡에 들어가면 네놈은 반드시 죽는다."

비밀에 싸인 중원 최고의 살수문파 망혼곡(忘魂谷).
그곳에서 십 년 만에 돌아온 화사평은 기억을 지우고
평화로운 삶을 꿈꾸지만,
주위엔 가문을 위협하는 자들이 존재하고 있었으니······.

그의 손엔 망혼곡 삼대기문병기
용편검(龍鞭劍), 명혼기수(冥魂起手), 엽섬비(葉閃匕).
얼굴엔 서로 다른 열 개의 괴이한 가면.

망혼곡주 십변화신!
그가 일으키는 폭풍의 무림행!

Book Publishing CHUNGEORAM

유행이 아닌 자유추구 –
WWW.chungeoram.com

「무림포두」, 「염왕」의 작가 백야!
그가 칠 년 동안 갈고닦아 온 역작 「취불광도」!

강호 일신(一神), 검신 한담(邯覃).
오직 검 한 자루로 무림을 지배하고 다스리는 인물.
강호를 지배하는 또 하나의 손, 또 하나의 검…….

기이한 파계승의 손에서 자란 나정은 스승과 함께 떠난 무림행에서
이십 년 전의 혈난을 만들어낸 금단의 무공을 만나게 되고…….

그에게 잠재되어 있던 거대한 힘이 운명의 안배에 따라 깨어난다!

어린 동자승, 나정이 만들어가는 무림 기행!
또 하나의 전설이 이제 시작된다!

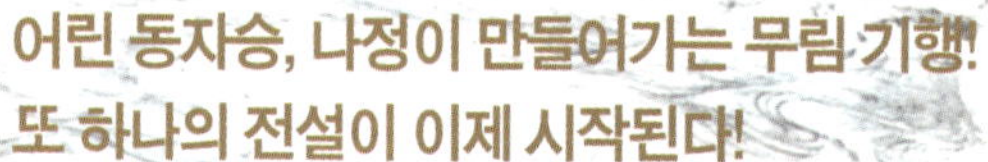

Book Publishing CHUNGEORAM

유행이 아닌 자유추구 -
WWW.chungeoram.com